AF399495

Cecily von Hundt, geboren 1974 in Düsseldorf, studierte Bibliothekswesen in Potsdam und arbeitete als freie Journalistin für BILD Berlin und die Süddeutsche Zeitung. 2004 eröffnete sie in Berlin Mitte den Buchladen Hundt, Hammer Stein. Ihre zahlreichen Bücher wurden unter anderem im Ullstein Verlag und im Wagenbach Verlag veröffentlicht. Sie lebt heute mit ihrem Mann und ihren Kindern in der Nähe von München.

CECILY VON HUNDT

RACHE KIND

Vorwort des Verlags

Dies ist eine überarbeitete Neuauflage des bereits erschienenen Titels Narbenkinder von Cecily von Hundt. Da wir uns stets bemühen, unseren Leser:innen ansprechende Produkte zu liefern, werden Cover sowie Inhalt stets optimiert und zeitgemäß angepasst. Es freut uns, dass du dieses Buch gekauft hast. Es gibt nichts Schöneres für die Autor:innen und uns, zu sehen, dass ein beständiges Interesse an ästhetisch wertvollen Produkten besteht. Wir hoffen du hast genau so viel Spaß an dieser Neuauflage wie wir.

Dein dp-Team

Prolog

Sie schlief. Das war gut. Wenn sie schlief, war er in Sicherheit. Dann war er unsichtbar. Manchmal schaffte er es einen ganzen Tag lang, unsichtbar zu bleiben. Er war gut darin, geübt. Am besten waren die Tage, an denen sie gar nicht aufstand. Er war dann wie ein leichter Schatten, der mit den Wänden im Haus verschmolz, er konnte förmlich spüren, wie er nichts mehr wog, wie eine duftige Feder fühlte er sich. Er kauerte an der Tür, um ihrem Schnarchen zu lauschen, und wenn er sich sicher war, dass sie tief genug schlief, schlich er sich ins Zimmer und stellte ihr ein Tablett mit Essen und einem Glas Wasser hin. Sie aß nicht viel. Er hatte schnell herausgefunden, wie man die Plastikschalen mit der Folie in der Mikrowelle aufwärmte, und mit dem Kaffeefertigpulver hatte er auch keine Schwierigkeiten.

Wenn Elvira kam, sorgte sie dafür, dass genug Milch im Kühlschrank war, und einmal in der Woche fuhr der Lieferwagen mit der Tiefkühlkost vor und füllte die Speisekammer wieder auf.

Schlimm waren die Tage, an denen sie wach war. Dann saß sie im Morgenmantel im Wohnzimmer, hatte ganz rot unterlaufene Augen, und er konnte sich so leise bewegen wie ein Mäuschen, sie konnte ihn trotzdem hören. Sie hörte ihn immer.

Und wenn der Vater nicht zu Hause war, war er ganz allein mit ihr. Sie zog ihn an sich, und ihr Atem stank nach Schnaps und sauer und gegoren, und ihre Finger waren gelb von den vielen Zigaretten, die sie den ganzen Tag rauchte. Und wenn sie ihn dicht an sich presste, konnte er ihren süßlichen Geruch riechen und ihre Haarwurzeln sehen, die am Ansatz schwarz nachwuchsen. Sie erzählte ihm dann immer, wie sehr sie ihn liebte und was für ein Mistkerl sein Vater sei, und dann wusste er, es gab kein Zurück. Wenn er sich nur bewegte, wurde ihre Umklammerung stark wie Stahl, und er versuchte, sich so klein wie möglich zu machen, denn er wusste genau, was folgte. Ihre Stimme schlug um in ein heiseres Fauchen, und schließlich hatte er das Gefühl, er würde in ihrer Umarmung ersticken. Wenn er sich herauswinden wollte, schrie sie ihn an. Ihre Stimme überschlug sich, und sie lief hinter ihm her. Manchmal stolperte sie über ihren Bademantel oder über die Tischkante, sie riss ihn an den Haaren, dass sein Kopf zurückgeschleudert wurde, und es gab keinen Platz, an dem er sich verstecken konnte. Schaffte er es ins Badezimmer, hämmerte sie mit den Fäusten an die Tür, und ihre Stimme kroch in seinen Kopf. Er hockte in der Ecke, auf dem eiskalten Kachelboden und presste die Hände auf die Ohren, damit er sie nicht hören musste. Ihr Schreien und ihre Worte, die sich in seinen Schädel bohrten, dass sie ihn hassen würde, dass er eine Missgeburt sei und schuld an ihrem beschissenen, elenden Leben.

An den Tagen, an denen er sich nicht in Sicherheit bringen konnte, wenn er die Anzeichen nicht früh genug erkannt hatte oder sich einen Augenblick lang ihrer schmeichelnden Stimme hingegeben hatte, achtete er beim Abendessen peinlich genau darauf, dass der

Vater die dunkelblauen Striemen auf seinen Oberarmen und seinem Rücken nicht sehen konnte, und er biss sich nachts auf die Lippen, damit er das Wimmern aus dem Zimmer nicht bemerkte, wenn er eine Haltung suchte, in der er Schlaf finden konnte.

Er wusste genau, wenn der Vater herausfand, dass sie ihn wieder geschlagen hatte, würde der nächste Tag noch schlimmer werden. Also lächelte er. Er lächelte sich durch seine gesamte Kindheit, durch die schlechten und die noch schlechteren Tage, und auf all den Bildern, die in der Villa verteilt waren, auf denen er in den Armen seiner Eltern stand, beide strahlend schön, wie aus einer anderen Welt, lächelte er ebenfalls.

Kapitel 1

Wenn es nur nicht so verdammt schwer wäre. Penny Kalunke seufzte, schlug die Augen auf und wischte sich eine Strähne aus dem Gesicht. Aufstehen. Zähne putzen. Duschen. Anziehen und die erste Zigarette am Morgen. Immerhin, das war etwas, worauf man sich freuen konnte. Sie seufzte noch einmal, tastete mit den Zehen den kalten Dielenboden ab und zog das Bein schnell wieder unter die warme Decke. Puh. Das war kalt, wirklich kalt. Sie ließ die Augen langsam gleiten, nur ein paar Minuten, ein, zwei, das war ja wohl erlaubt. Das Handy klingelte. Sogar der Ton klang vorwurfsvoll.

»Ja?«

»Penny, wo bist du?«

O nein! Sie setzte sich auf und war schlagartig wach.

»Ich bin so gut wie auf dem Weg. Wieso fragst du? Verfolgst du mich?«

Max Wolters schwieg, es war ein ätzendes Schweigen, das ihr am anderen Ende der Leitung entgegenschlug, und während sie auf den Wecker neben ihrem Bett schielte, wusste sie, warum.

»Es tut mir leid«, sagte sie kleinlaut und angelte nach der Jeans, die unter dem Bett lag.

Ihre Arme klimperten von den Armreifen, die sie am Abend vergessen hatte auszuziehen, sie hatte darauf gelegen. Daher tat auch ihre linke Wange weh, sie war leicht geschwollen.

»Das interessiert mich einen Scheiß, gelinde gesagt.«

Er war sauer, echt sauer.

»Ich ... ich weiß nicht, wie das passiert ist«, stotterte sie, »ich bin wohl wieder eingeschlafen, es tut mir leid, echt, es war spät gestern.«

»Beweg deinen Arsch hierher, aber flott.« Er legte auf, legte einfach auf.

Penny starrte ungläubig auf das Display und ließ das Telefon schließlich aus der Hand auf die Bettdecke gleiten. Beweg dich, sagte sie zu sich selbst. Beweg dich, steh auf und fang endlich diesen beschissenen Tag an.

Draußen schneite es wie verrückt.

Natürlich, was sonst?

Kapitel 2

Verflucht, das war ein Abend. Einer dieser Abende, die nicht vergehen wollten. Ihr tat alles weh. Der letzte Freier war grob gewesen, so grob, dass es an der Grenze des Erträglichen gewesen war.

Das war eigentlich der Grund, warum sie jetzt für Marco anschaffte. Damit solche Mistkerle nicht mehr in ihre Nähe kamen, doch er war nicht in der Stadt, und sie musste die nächste Woche allein arbeiten. Cheryl stöhnte und rollte die Strumpfhose vorsichtig hinunter. Ihr rechter Knöchel war geschwollen an der Stelle, an der er sie immer wieder auf das harte Bettgestell gedrückt hatte. Sie hatte die Position nicht verändern können, er war zu schwer gewesen und zu brutal.

Sie humpelte zu dem Kühlschrank, der neben der Einbauküche zwischen Fahrerkabine und Schlafzimmer gequetscht war, holte ein Päckchen gefrorene Butter heraus und legte es auf die gerötete Stelle. Abscheulich, wie es hier drin stank. Der Wagen gehörte Carola, die mit einer Infektion im Krankenhaus lag. Cheryl konnte so lange hier arbeiten, bis Marco zurückkehrte und sie ins kleine Versteck zurückkonnte.

Wenigstens hatte sie für die Arbeit ein Dach über dem Kopf, zu Hause ging es unmöglich, Jasmin kam um vier Uhr nachmittags von der Schule heim. Cheryl klaubte eine Zigarette aus ihrer Handtasche, steckte sie sich an und atmete langsam durch die Nase aus. Wie sie dieses

Leben satthatte. Es war erst der Achtzehnte, und sie war schon jetzt knapp bei Kasse.

Ihre Haare mussten unbedingt gefärbt werden, sie hatte die Krankenversicherung noch nicht bezahlt, und in vier Tagen fuhr Jasmin auf Klassenfahrt, und sie hatte keine Ahnung, wie sie das bezahlen sollte.

»Wir gehen da auch reiten, Mami«, hatte sie ihr gestern beim Abendessen erzählt, und ihre Augen hatten gestrahlt wie zwei tiefe, dämmrige Seen.

Sie hatte die Augen ihres Vaters, glasgrün und irgendwie abwesend. In diese Augen hatte sie sich sofort verliebt, als sie Kevin das erste Mal gesehen hatte. Sie hatten die gleiche Art, Vater und Tochter. Sie schienen an einem anderen Ort zu leben als der, den sich Cheryl mit dem Rest der Welt teilen musste. Einem besseren Ort. Als Kevin unter den Laster geraten war, hatte er noch eine Stunde gelebt. Er sah sie im Krankenhaus mit diesen Augen an, und sie wusste, was er ihr sagen wollte. Sie sollte auf Jasmin aufpassen, darauf, dass sie weiterhin in dieser schönen Welt leben durfte, und sie versprach es ihm. Als die Lebensversicherung aufgebraucht gewesen war, war sie das erste Mal anschaffen gegangen. Seitdem war etwas mit ihr geschehen. Cheryl erblickte eine andere Frau, wenn sie morgens in den Spiegel schaute. Noch immer hübsch, sie hatte noch immer ein schmales, feines Gesicht, das gleiche, das auch Jasmin besaß. Ihr Mund war noch immer glatt und voll. Sie hatte ihre Figur behalten, doch der Lack war ab.

Cheryl war durch mit ihrem Leben, und das wusste sie genau. Kein weißer Ritter würde vorbeireiten und an dem schäbigen Campingwagen anklopfen. Sie hatte ihren weißen Ritter bekommen, so war ihr Leben nun mal gelaufen. Pech gehabt. Jetzt ging es darum, dass Jasmin so normal weiterleben konnte wie irgend möglich, und wenn sie dabei draufgehen würde.

Sie hatte ihr Handy auf lautlos gestellt, damit sich die Freier nicht gestört fühlten, sie spürte es unter ihrem Rücken auf dem Bett vibrieren.

»Hast du Zeit für mich?«

»Für dich immer, Süßer.«

»In zehn Minuten?«

»Be my guest.«

Sie schickte ein Herzchen hinterher und blieb noch eine Sekunde liegen, bevor sie sich schnell duschen, sich zwischen den Beinen schrubben und ihr langes hellblondes Haar kämmen würde.

Ein Stammgast. Das war leicht, er kam schon lange und war harmlos. Sie hatte ihm die Adresse vom Campingwagen geschickt, damit er sie finden konnte, solange sie nicht im Puff arbeitete. Der Letzte heute, das nahm sie sich vor. Jasmin und sie wollten heute Abend ins Kino gehen, und sie musste vorsichtig sein. Ihre Tochter war kein kleines Mädchen mehr. Noch glaubte sie an den Job in der Tierhandlung, den sie ihr vorflunkerte, aber lange würde das nicht mehr gut gehen, und sie würde sich etwas Neues ausdenken müssen.

Cheryl drückte die Zigarette im Aschenbecher aus, leerte ihn in den Mülleimer, öffnete das Fenster, um frische Luft hereinzulassen, und fuhr sich mit der Bürste durch die langen Haare. Ihre Bewegungen waren mechanisch, eine Million Mal hatte sie das schon getan, um schön zu sein, begehrenswert, um die Männer eine Zeit lang ihren öden Alltag vergessen zu lassen, um ihr Geld zu kriegen.

Er klopfte leise, zaghaft, wie ein Vögelchen, so war er auch. Sanft, vorsichtig, seine Haut war weich. Sie ekelte sich nicht vor ihm, im Gegenteil, manchmal hatte sie beinahe das Gefühl, sie müsste ihn beschützen.

»Komm rein, Süßer.« Cheryl öffnete die Tür, verschloss sie mit dem Schlüssel und zog ihn auf das schmale Bett. »Mach's dir gemütlich. Was zu trinken?«

Er antwortete nicht, aber das war sie gewohnt. Er sprach nicht viel, hatte er nie getan, soweit sie sich erinnerte.

»Was Besonderes heute oder wie immer, hm?«

Sie strich ihm über die Wangen. Er lächelte, freundlich, warm, so wie immer, so wie sie ihn kannte.

»Sag mir, was ich für dich tun kann«, flüsterte sie ihm ins Ohr und fuhr ihm am Nacken entlang, die Ärmel ihrer Polyesterbluse raschelten, und daher konnte sie das Geräusch erst nicht hören, das das Messer verursachte, als es ihren Unterbauch mit einem großen, starken Schnitt öffnete.

Sie spürte nur ein warmes Gefühl, und als sie ihr Gedärm sah, das sich nach außen wölbte und auf die gesteppte Blümchendecke dampfend wie ein Bündel sich windender Schlangen rutschte, wunderte sie sich über den beißenden Gestank, der in der Luft lag. Dann versank sie im Dunkeln.

Kapitel 3

»Das ist nicht akzeptabel.«

Penny hatte ihren Chef noch nie so wütend erlebt. Und das sollte etwas heißen. Max wurde von seinen Mitarbeitern nur »das Bärchen« genannt. Das hatte drei Gründe: einmal sein beachtlicher Leibesumfang, einmal seine Vorliebe für Gummibärchen, nicht *Haribo*, sondern die echten, dicken, saftigen aus der Apotheke, die mit Fruchtsaft gefärbt waren, und einmal sein Gemüt.

Penny hatte vor ihrem Job beim *Tagesblatt* ein Praktikum bei der *BILD* gemacht, und sie wusste, wie widerwärtig Chefredakteure sein konnten, besonders bei Tageszeitungen. Stress, Auflagenhöhe und Zeitdruck waren die vorherrschenden Regulatoren, und war die Stimmung oben schlecht, war sie es unten auch. Der Fisch stinkt eben vom Kopf.

Max war anders, ganz anders. Lieb, freundlich, geduldig, von messerscharfem Verstand, er hatte den richtigen Riecher für gute Geschichten. Normalerweise. Jetzt war er einfach nur sauer.

Emma Hagel, die Penny gegenüber am Schreibtisch saß und sich jeden Morgen Kaffee und *Oreo*-Kekse mit ihr teilte, sah sie erschrocken an.

»Penny, ehrlich, das ist absolut inakzeptabel«, wiederholte Max.

Es war so still, dass man eine Stecknadel hätte fallen hören können.

Penny ließ ihre in die Jahre gekommene Tasche auf einen Stuhl gleiten und blieb daneben stehen. Die Redaktionskonferenz hatte längst begonnen, um genau zu sein, sie war mehr oder weniger vorbei.

»Es tut mir wirklich sehr leid, Max. Ich hab mich bereits am Telefon entschuldigt, was genau soll ich deiner Meinung nach noch tun?«

Penny fühlte sich wie ein Tier im Zoo. Alle starrten sie an, sie hörte Thomas Schulte, ihren Freund und Fotografen, hüsteln, und irgendjemand scharrte mit den Füßen.

»In Ordnung.« Max machte eine wegwerfende Handbewegung. »Jeder weiß, was er zu tun hat. Penny, du bleibst bitte noch einen Augenblick hier.«

Stühle wurden geschoben, die Redakteure griffen sich ihre Unterlagen und die gebrauchten Kaffeetassen, und langsam wurde der Raum leer. Emma zwickte Penny ins Ohr, Tom zwinkerte ihr zu, und kurz darauf war sie mit Max allein.

»Okay«, sagte sie, knibbelte an dem blauen Nagellack auf ihrem Fingernagel und wünschte, sie hätte sich eine Kopfschmerztablette gegönnt.

Vergessen, dann musste es auch so gehen.

»Du siehst scheiße aus.« Max' freundliches Teddygesicht war faltig und müde.

Und du siehst alt aus, dachte Penny. Alt und verbraucht, und sie wusste, sie machte ihm das Leben nicht gerade leichter.

»Danke für die Blumen.«

»Nimmst du deine Medikamente, Penny?«

Sie wusste nicht, ob sie überrascht oder wütend sein sollte. Was bildete er sich ein?

»Bitte was?«

»Penny ...« Max beugte sich über den Tisch und faltete die Hände.

Der Raum war kalt, obwohl die Heizung auf Hochtouren lief. Es war Dezember, und draußen war es so eisig, dass der Sommer wie eine unerreichbare Insel schien. Die Berliner waren lange Winter gewohnt, aber dieses Jahr hing die knochenkalte Kälte in jeder zugigen Ecke der Stadt, und der graue Schleier, der über allem lag, hüllte sie ein wie eine dunstige Glocke. Irgendjemand hatte eine mutlose Glockenblume auf die Heizung gestellt, in dem verzweifelten Versuch, ein wenig Frühling einzuschleusen, die sich weigerte aufzublühen und sich staubig und verstockt in sich zusammenzog.

»Ich mach mir Sorgen um dich.«

Penny kippelte mit dem Stuhl nach hinten und knabberte an dem Hautfetzchen an ihrem Daumennagel. »Tust du nicht. Du bist sauer.«

»Natürlich bin ich sauer. Das war das dritte Mal diese Woche. Und die hat nur sechs Arbeitstage, wie du weißt.«

»Es tut mir leid.«

»Das sagtest du bereits.« Er lehnte sich zurück und betrachtete sie prüfend.

Sie kannte dieses Gesicht. Kannte es nur zu gut. Um genau zu sein, kannte sie es schon ihr ganzes Leben. Das erste Mal war es verschwommen vor ihren Augen aufgetaucht, als er sie aus ihrem Krankenhausbettchen gehoben hatte. Sie könnte schwören, dass sie sich an diesen Moment erinnerte. An das weiche Licht, das durch das Fenster fiel, und an die Staubpartikel, die in der Sonne tanzten. Sie konnte noch heute das Lachen ihrer Mutter hören, und später, als sie älter wurde und die Dinge aus dem Ruder gelaufen waren, war Max da gewesen. Er war immer da gewesen.

»Wie geht's Herbert?«

»Frag ihn. Ruf ihn an, er steht in deinem Handy, wie gehabt.«

Max runzelte die Stirn. Jetzt war er wieder wütend, das hatte sie toll hingekriegt, sie klopfte sich innerlich auf die Schulter, prima, Penny, prima.

»Sorry«, sagte sie leise und brachte den Stuhl wieder in eine gerade Position. »Das war dämlich.«

»Hm.« Max spielte mit dem Kugelschreiber in seiner Hand. *Tagesblatt*, stand in dunkelblauer, geschwungener Schrift darauf, sie war zum Teil abgeblättert. Seine Fingernägel waren schmutzig, sein Hemd hatte einen hellbraunen Kaffeefleck. Seit Lore ausgezogen war, war er irgendwie verwahrlost.

Max räusperte sich und warf den Stift auf den Tisch. »Er säuft wieder, stimmt's?«

Penny schob die Unterlippe vor und zuckte leicht mit den Schultern.

»Aha, hab ich's mir doch gedacht.«

»Was soll das mit mir zu tun haben?«

»Alles. Er ist dein Vater.«

»Na und? Er säuft, seit ich denken kann.«

»Das ist so nicht ganz richtig.«

Penny verdrehte die Augen. »Okay, er säuft, seit sie weg ist. Also seit ich elf bin. Lange genug, um mich daran zu gewöhnen.«

»Und?«

»Und was?«

»Hast du dich daran gewöhnt?«

Penny lehnte sich vor und fixierte ihn. »Ehrlich, Max, ich weiß nicht, was das soll. Ich bin zu spät, okay. Ich bin zum dritten Mal diese Woche zu spät, das ist nicht toll, aber es ist auch kein Weltuntergang, und es ist außerdem kein Grund, mich vor der gesamten Redaktion abzukanzeln und lächerlich zu machen, nur weil du zufälligerweise mein Patenonkel bist.«

»Du arbeitest hier, weil ich zufälligerweise dein Patenonkel bin.«

»Ach ja? Dann feuere mich doch.«

»Ich will dich nicht feuern, du bist eine gute Redakteurin.«

»Aha, vielleicht arbeite ich ja deshalb hier.«

»Natürlich tust du das.« Max' Stimme war sanfter geworden, seine Miene besorgt. »Ich fühle mich für dich verantwortlich, Penny. Du hast eine Menge ertragen müssen und niemanden, der sich um dich kümmert, das ist alles. Deine Mutter würde wollen, dass ich das tue.«

Penny schluckte, sie spürte, wie ihr die Tränen in die Augen schossen. Jetzt nicht heulen, dachte sie, nicht heulen.

»Abgesehen davon bin ich dein Chef, und dieses Zuspätkommen ist einfach nervtötend.« Er stand auf und schob seinen Stuhl zurück. »Krieg das in den Griff, sonst kriegen wir zwei Probleme.«

Penny nickte und fummelte eine Zigarette aus ihrem abgewetzten Parka, ohne auf seinen vorwurfsvollen Blick zu achten. Rauchen war eigentlich im Haus verboten, aber sie tat es dennoch, heimlich, auf dem Klo, wenn ihr der Weg nach draußen zu weit war. Es war kindisch, sie wusste es.

»Was ist für mich heute dran?«

»Wer zu spät kommt, den bestraft das Leben.« Er nickte zur Tür. »Alles ist vergeben, häng dich an den Polizeifunk, vielleicht hast du ja Glück.«

Kapitel 4

Sein Schädel dröhnte wie eine Flugzeuglandebahn. Herrje, was hatte er nur gemacht? Er öffnete die Augen und schloss sie sofort wieder. Nein, so ging das nicht. Von vorn, ganz vorsichtig. Er war zu Hause. Das war schon mal eine gute Nachricht. Weiter. Irgendetwas hatte ihn geweckt. Hagel trommelte laut auf das Dach über seiner Wohnung, aber das Licht war angenehm dämmrig. Er tastete nach den Zigaretten, die auf dem Nachttisch lagen, und zündete sich mit der Linken eine an. Sie beruhigte das rhythmische Wummern in seinem Kopf für ein paar Sekunden, und er schloss die Lider erneut.

Die Welt ausschließen, das konnte er gut. Das hatte er gelernt, er war ein Meister darin. Wenn die Welt ihn ließ, doch das war ihm an diesem Morgen nicht vergönnt. Sein Telefon klingelte. Herbert Kalunke war der einzige Mensch auf diesem Planeten, der kein Handy besaß. Zumindest kam es ihm so vor. Obwohl, so stimmte das auch wieder nicht. Seine Tochter hatte ihm ein Handy besorgt, und er hatte ihr hoch und heilig versprechen müssen, es immer bei sich zu haben. Er fühlte sich allerdings unwohl, wenn er ständig erreichbar war. Im Augenblick wusste er gar nicht, wo es sich befand. Sein Telefon, das er eigentlich benutzte, war ein unförmiger Knochen aus den Achtzigerjahren. Die

Sprechmuschel war mit einer gelblichen Schicht überzogen, die kein Reinigungsmittel der Welt würde herunterwaschen können. Herbert liebte sein Telefon. Es erinnerte ihn an bessere Zeiten.

»Kalunke«, sagte er vorsichtig in den Hörer, wie um seine Stimme auszuprobieren, und hielt ihn ein paar Zentimeter vom Ohr weg.

»Wer spricht da?«

»Wer will das wissen?«

»Herr Kalunke? Hier ist Matschinek von der Zeitarbeitsfirma.«

O verflucht. Herbert setzte sich ruckartig auf, und sein Hirn wimmerte.

»Jaja, hier spricht Kalunke, entschuldigen Sie, ich habe Sie nicht gleich erkannt.«

Die Stimme wurde keine Nuance freundlicher, im Gegenteil. »Sie hätten heute Morgen um neun auf der Baustelle in der Leipziger Straße sein sollen, soweit ich weiß.«

Das war es. Das war es gewesen, das ihm gestern Abend immer wieder durch den Kopf gegeistert war und ihn beinahe dazu gebracht hätte, seinen bequemen Stuhl im *Schiffchen* neben Irina zu verlassen und seinen Hintern nach Hause zu schwingen, aber eben nur beinahe. Und nun tauchten vor seinem geistigen Augen die sorgfältig aufgereihten Tequilagläser auf, die ihn eifrig, wie kleine Soldaten, durch den Abend begleitet hatten, immer an seiner Seite, so wie er es mochte.

»Ach, äh, das war heute, Frau Matschinek?«

»Ja, Herr Kalunke, das war heute.« Die Stimme hatte einen eisigen Unterton angenommen.

Herbert war kurz davor, den Hörer fallen zu lassen und sich wieder in seine warme Decke zu schmiegen. Doch er konnte nicht. Nicht diesmal.

»Bitte entschuldigen Sie.« Er räusperte sich und fuhr sich über die pochende Stirn. »Ich habe da wohl etwas durcheinandergebracht, den Termin habe ich mir für morgen in den Kalender eingetragen, so etwas passiert mir normalerweise nie ...«

»Ist mir egal, wie das passiert ist«, unterbrach die Stimme ihn unfreundlich. »Sie haben Glück, der Arbeitgeber ist auf Ihre Unterstützung angewiesen, fahren Sie so schnell dorthin, wie Sie können!«

Aufgelegt. Die Schnepfe hatte einfach aufgelegt, war das zu fassen?

Herbert angelte sich die angebrochene Bierflasche vom Nachttisch, und leerte sie in einem Zug. Es schmeckte widerlich, der Tag versprach allerdings auch, widerlich zu werden.

Kapitel 5

Penny schloss die Augen und versuchte, sich einen lauschigen gewundenen Weg vorzustellen. Von alten, hohen Bäumen gesäumt und überspannt von einem hellen Himmel. Das hatte die Psychologin ihr vorgeschlagen. Es sollte ihr helfen, wenn die Migräne sie überfiel. Nicht dass das immer funktionierte, Penny hatte so viele Kammern in ihrem Kopf, so viele Vorratshallen für so viele unterschiedliche Arten von Kopfschmerzen. Hämmernde, sirrende, klopfende, brütende oder stechende, die Liste ließ sich unendlich fortsetzen, und immer kamen sie, wenn sie es nicht schaffte, die Erinnerungen zurückzudrängen. Die Erinnerungen an ihre Mutter, die süß und warm schmeckten, wie frisch gebackener Hefezopf mit Marmelade, oder an Weihnachtsbäume mit klingenden Kugeln daran oder an den Geruch nach ihrem Haar, ein wenig nach Zitrone und Jasmin.

»Penny?« Emma starrte sie an, als hätte sie einen Geist gesehen.

»Hm?«

»Du bist käseweiß. Alles in Ordnung?«

»Jap. Alles gut.«

»Was wollte das Bärchen?«

»Mich zur Ordnung rufen.«

»Das klingt gar nicht bärchenhaft.«

»Er hat sich auch nicht besonders bärchenmäßig aufgeführt.«

»Hm.« Emma sah sie nachdenklich an und biss herzhaft in ein Käsebrötchen. Etwas Mayonnaise quoll an der Seite heraus, sie tupfte sie weg und leckte ihren Zeigefinger ab. »Vielleicht solltest du mal an deinem Zeitmanagement arbeiten«, sagte sie mit vollem Mund und guckte sich suchend auf dem Tisch nach etwas um, womit sie den Rest von ihrem Finger entfernen konnte.

»Danke für den Tipp.«

Emma verdrehte die Augen und widmete sich wieder ihrem Text. »War nur gut gemeint«, murmelte sie, und Penny wusste, dass sie gekränkt war.

Toll, sagte sie zu sich selbst, heute hast du wirklich ein gutes Händchen im Umgang mit deinen Mitmenschen.

»Sorry«, meinte sie und setzte ein schiefes Lächeln auf. »Du hast ja recht.«

Emma winkte ab und schob sich eine blonde Locke hinters Ohr. Sie sah immer aus wie ein kleines Mädchen mit ihren rosafarbenen Porzellanwangen, der hellen Haut und den widerspenstigen Locken, die sich um ihr rundes Gesicht kringelten.

»Passt schon«, sagte sie und tippte los, »ich lebe schon lange mit deiner charmanten Art.«

Pennys Handy klingelte, Nora Schneider, ihre Freundin aus der Rechtsmedizin. Penny spürte, wie ihr Herz einen Extrahüpfer machte, das konnte alles sein. Eine Einladung zum Abendessen, ein Treffen, um sich einen Cocktail zu gönnen, oder eine heiße Story.

»Nora?«

»Ich hab was für dich.«

Ihr Instinkt hatte sie nicht getäuscht.

»Was ist es?«

»Eine Leiche in der Friedrichstraße, Ecke Torstraße. Beeil dich, es ist noch nicht offiziell.«

»Du bist ein Schatz, ich schulde dir was.«

»Ich hab aufgehört zu zählen.«

Penny legte auf. Auf Nora war Verlass. Sie waren zusammen zur Schule gegangen. Nora reichte Penny gerade bis zur Schulter, eine zarte, bissige Person mit einem Gesicht wie ein Engel. Doch das täuschte. Mit ihrer liebenswürdigen, unbestechlichen und präzisen Art hatte sie es schnell zur leitenden Rechtsmedizinerin gebracht. Nora lieferte ihr Tipps für Storys – unter der Hand, versteht sich –, die so heiß waren, dass sie eigentlich noch gar nicht passiert waren. Nie wollte sie etwas dafür haben. Sie waren eine glänzend geölte Maschinerie, und bis jetzt war es ihnen gelungen, ihre Freundschaft nicht aufs Spiel zu setzen. Penny griff sich ihren Parka sowie ihre Tasche und winkte Emma zu, bevor sie Toms Nummer wählte. Er war sofort dran.

»Tom, schwing die Hufe, wir haben etwas.«

Kapitel 6

»Hier gibt es nichts zu sehen!«

Diese elenden Gaffer. Nick Zwieback kratzte sich am Kopf und schob die Schirmmütze nach hinten. Es war zum Verzweifeln. Es hatte sich bereits eine Traube von Menschen um die Absperrung gebildet, die um nichts in der Welt dazu zu bewegen waren weiterzugehen. Sein Funkgerät knackte. Er schaltete es leiser. Heute Morgen war die Hölle los. Tagelang war gar nichts passiert, und nun spielten alle verrückt, dabei war er nicht mal richtig wach.

»Hallo!« Die junge Frau war höchstens Mitte zwanzig.

Langes dunkles Haar, das sie nachlässig zu einem Knoten zusammengeschlungen hatte, eine enge schwarze Leggins, die in derben Stiefeln steckte, und ein viel zu großer Armeeparka, der um sie herum schlotterte. Sie hatte etwas Fiebriges, Elektrisierendes an sich, bei ihren Bewegungen schien sich die Luft mit Funken aufzuladen. In ihrem Schlepptau ein schmuddelig aussehender Mann, etwa Anfang dreißig, der eine Kamera um den Hals hatte.

»Ich hab gesagt, hier gibt es nichts zu sehen.«

»Ach komm.« Sie setzte ein breites Lächeln auf und schwang ihre schlanken Beine über das Absperrband. Nicht zu fassen.

»Hey, Mädchen!« Nick trat einen Schritt auf sie zu und versuchte, sie am Arm zu packen.

Doch sie war schneller und legte ihm eine Hand auf die Schulter. Ihr Lächeln war ganz schön einnehmend.

»Wir beide wissen, dass ihr da unten was gefunden habt. Ich schlag dir 'nen Deal vor. Du sagst mir was, ich hör mich dafür um. Und wenn ich irgendwas Wichtiges aufschnappe, ruf ich dich an, hm? Was sagst du?«

Nick seufzte. Diese lästige Presse. Aber es kam immer wieder vor, dass sie nützliche Hinweise lieferten, hin und wieder erwies sich die Zusammenarbeit als recht fruchtbar. Er war neu, erst seit ein paar Wochen dabei, und ein paar Connections konnten ihm nicht schaden. Es würde so oder so bald über den Polizeifunk laufen. Abgesehen davon sah sie rasend gut aus. Was soll's?

»Kann ich mich drauf verlassen?«

»Indianerehrenwort!« Ihr Strahlen war umwerfend.

Sie hielt ihm eine zerknickte Karte hin, und das Blau ihrer Fingernägel war an mehreren Stellen abgeblättert, aber das tat ihrer Schönheit keinen Abbruch. Sie sah aus wie eine von den Rockerbräuten aus den Kalendern. Nur für seinen Geschmack hatte sie zu viel an, und sie war viel zu mager.

»Okay. Wir haben eine Leiche gefunden.«

»Das weiß ich.« Sie kramte einen Schreibblock und einen *Lidl*-Kugelschreiber aus der Jackentasche und hauchte auf die Spitze. »Na komm, gib mir etwas mehr.«

»Weiblich.«

»Wie alt?«

»Keine Ahnung.«

»Ungefähr! Neunzig oder zwanzig?«

»Eher zwanzig, würde ich sagen. Vielleicht etwas älter.«

»Und wie lange liegt sie da schon?«

»Weiß ich nicht.«

»Du hast sie doch gesehen, oder?«

»Ja klar hab ich sie gesehen.«

»Ja und? War sie frisch oder eher abgehangen?«

»Abgehangen?«

»Wer hat sie gefunden?«

Er deutete vage Richtung Baustelle. »Ein Bauarbeiter hat sie heute Morgen entdeckt.«

»Name?«

Aber hallo, die ging ran. Ihre Fragen kamen wie aus einem Maschinengewehr, und der Kerl hinter ihr fotografierte mittlerweile mit hellem Blitz, ohne dass Nick es richtig mitbekommen hatte, in die Baugrube hinein.

»He, keine Fotos!«

»Keine Sorge!« Sie tätschelte beruhigend seinen Oberarm und hielt ihm erneut eine zerknickte Visitenkarte hin.

Er konnte einen Blick auf ein Tattoo erhaschen, das auf der Innenseite ihres Arms vom Handgelenk abwärts verlief, irgendetwas mit geschwungenen Buchstaben. Es verschwand unter ihrem Ärmel, bevor er es entziffern konnte. Er sah auf die Karte. *Penny Kalunke*, stand in Schreibschrift darauf und darunter *Redakteurin Tagesblatt.*

»Wir veröffentlichen das nicht, bevor ich nicht mit dir gesprochen habe.«

Sein Telefon knackte wieder. »Nick, bitte melden!«

»Äh … ihr müsst jetzt hier verschwinden.« Er zerrte das Gerät aus der Gürteltasche und wedelte Penny weg.

»Klaro.« Sie lächelte noch einmal von einem Ohr zum anderen und huschte unter der Absperrung hindurch.

»Danke dir, ich melde mich.« Sie hielt zwei Finger gekreuzt in die Höhe und gab dem Mann mit dem Fotoapparat einen Knuff in die Rippen.

Beide stiegen in einen klapprigen, schmutzig grünen Golf und waren verschwunden.

»Nick, alles klar bei dir?«

Die Stimme klang blechern und quietschte ihm in den Ohren.

»Ja, alles klar.«

»Es kommt gleich Verstärkung, falls die Presse auftaucht, wimmle sie ab, verstanden?«

»Äh, ja.« Er steckte das Funkgerät in die Tasche zurück, wischte sich den Schweiß von der Stirn und tastete nach seinen Zigaretten. Die hatte ihn eingeseift, und zwar vom Allerfeinsten.

Kapitel 7

Die Kopfschmerztablette schmeckte ekelhaft. Penny griff nach der offenen Flasche Wasser, die neben ihr auf dem Schreibtisch stand, und spülte die Tablette mit einem großen Schluck herunter.

Es war zum Haareausreißen. Penny hatte zu wenig. Sie hatte keine Info über die Leiche, und Max gab ihr kein grünes Licht, wenn sie nicht konkrete Fakten vorweisen konnte. Außerdem ging Nora nicht ans Telefon. Mist. Dann musste sie eben hinfahren.

Sie stand auf, schnappte sich ihren Parka, winkte Emma, die den Kopf hob und ihr einen fragenden Blick zuwarf. Sie würde Max von unterwegs mitteilen, dass sie nach draußen ging, er ließ ihr freie Hand, solange sie ihre Termine einhielt und pünktlich abgab. Ihr war so kalt, dass sie mit den Zähnen klapperte. Das Schloss von ihrem VW Golf würde bestimmt wieder vereist sein. Vielleicht sollte sie die Straßenbahn nehmen.

Sie hatte Glück, die Bahn wartete direkt an der Haltestelle auf sie. Penny stieg ein, ohne vorher ein Ticket zu lösen, und ließ sich auf einen Sitz fallen. Berlin im Winter war nichts für Touristen. Es war ja nicht mal etwas für echte Berliner, Penny verabscheute diese dunklen Monate. Die Stadt war wie ein großes, graues, depressives Monster, die Menschen hatten ihre Gesichter unter Rollkrägen und Kapuzen vergraben und hofften auf einen gnädigen Strahl Sonne. Wenigstens hatte ihre

Wohnung eine Heizung, ein sauberes Bad und einen wunderschönen Parkettboden. Für Penny war sie ein Palast. Kein Vergleich zu dem Loch, in dem sie mit ihrem Vater gewohnt hatte.

Ihr Handy meldete sich. Wenn man vom Teufel spricht, dachte sie und drückte auf das grüne Hörersymbol. Wenigstens hatte er sein Telefon dabei, das war durchaus nicht immer der Fall.

»Paps?«

»Penny! Wir sind hier. Am Alexanderplatz und ich schwöre hoch und heilig, das alles nicht wahr! Ich hab dem Polizisten auch schon gesagt, aber er hört nicht, und Herbert ...«

»Wer ist denn da dran?«

»Hier ist Irina.«

»Irina?«

In Pennys Hinterkopf klingelte es. Der Name kam ihr bekannt vor, doch wieso telefonierte eine Irina mit dem Handy ihres Vaters? Wo war er überhaupt?

»Ja, Irina. Irina Pelkow!« Die Stimme klang ungeduldig. »Liebes, wir haben gesehen, bei deinem Vater. Weißt du nicht? Zwiebeln und rotes Gulasch?«

Natürlich. Penny fiel der Abend wieder ein. Schemenhaft erinnerte sie sich an die Russin, die Herbert irgendwo aufgegabelt hatte, sie war groß, mit einem riesigen Busen und einem feuerroten Mund, ihr Haare war schlampig blondiert gewesen, und sie hatten irgendetwas Undefinierbares, Scheußliches gegessen. Penny schüttelte sich, als sie daran dachte. Und der Wodka fiel ihr wieder ein. Viel Wodka. Sie hatte es tagelang bereut.

»Ach ja, Irina. Was ist mit ihm? Was hat er wieder angestellt?«

»Wir sind hier, Alexanderplatz, und ich habe Polizei gesagt, Herbert wollte gehen Geld holen, aber sie haben nicht geglaubt! Weiß der Vogel warum!« Sie klang entrüstet, und ihr russischer Akzent wurde noch stärker.

»Wo seid ihr?«, unterbrach Penny sie und ließ den Kopf an die Rückenlehne sinken. Das fehlte ihr gerade noch.

»Am Alexanderplatz, das ich sagte schon ...«

»Wo am Alexanderplatz?«

»Im *Schiffchen*. Komm, Penny! Herbert hat bisschen viel getrunken, nur bisschen! Uns fehlen paar Euro, aber, ich sagte schon, er wollte gerade zum Geldholen gehen ...«

»Gib mir mal den Polizisten.«

Die Stimme klang genervt. »Hallo? Ihr Vater ist stark angetrunken und erzählt uns ständig, Sie würden die Rechnung bezahlen. Stimmt das?«

Penny seufzte. »Können Sie ihn mit auf die Wache nehmen?«

»Selbstverständlich.«

»Dann tun Sie das.«

»Sie wollen ihn nicht hier abholen?«

»Auf gar keinen Fall.«

Am anderen Ende der Leitung entstand eine Pause.

»Das kann ich verstehen«, erwiderte er schließlich und wollte schon auflegen.

»Danke«, murmelte Penny. »Und tut mir leid, dass ich ihn Ihnen überlasse.«

Der Polizist schien zu lächeln, zumindest klang seine Stimme ein wenig danach.

»Dafür nicht, junge Dame«, sagte er. »Dafür nicht.«

Kapitel 8

»Welch Glanz in meiner Hütte.«

Nora drehte sich nicht mal um, der Raum war in ein gespenstisches Neonlicht getaucht, und Penny fragte sich jedes Mal, wenn sie ihre Freundin bei der Arbeit besuchte, wie sie an diesem Ort arbeiten konnte.

»Hast du hinten Augen im Kopf?«

»Nee, aber 'ne gute Nase.«

Penny schnüffelte misstrauisch an ihrer Jacke, sie roch ganz normal, und ihre Haare hatte sie auch heute Morgen gewaschen, sie roch wie immer, zumindest nicht schlimmer als sonst.

»Soll heißen?«

»Zigaretten und *Chanel N° 5*.«

Nora drehte sich um und musterte Penny. Ihre Freundin war zierlich und hatte feuerrote Haare, die sie meistens zu einem Dutt zusammengedreht trug. Sie war so atemberaubend schön, dass es zutiefst frustrierend war, mit ihr abends auszugehen. Penny hatte schon erlebt, dass Gespräche an Tischen verstummt waren, als ihre Freundin vorbeigegangen war, und sie konnte die Zettel mit Telefonnummern nicht mehr zählen, die Nora in ihrer Anwesenheit zugesteckt bekommen hatte. Penny fand es einen verrückten Kontrast, dass so etwas Schönes wie Nora an einem Ort wie diesem arbeitete. Nora, die in Grunewald in einer schicken Villa mit einem goldenen Löffel im Mund geboren worden war und alles mit ihrem Leben hätte anstellen können, hatte sich für diesen Keller entschieden, und dafür hatte Penny nur Bewunderung übrig, auch wenn sie manchmal das Gefühl hatte, Nora versteckte sich hier unten vor der Welt. Penny war durchaus hübsch mit ihren ellenlangen Beinen, den dunklen Haaren und dem feinen Gesicht, aber neben ihrer Freundin sah sie aus wie ein Mauerblümchen.

»Eins musst du mir mal verraten.«

»Hm?« Penny trat einen Schritt an den Seziertisch heran und betrachtete die Leiche neugierig, die nackt unter dem grellen Licht lag.

Eine klaffende Wunde zog sich quer über den Bauch der Toten.

»Du musst doch dein komplettes Gehalt für dieses sauteure Parfüm ausgeben, so wie du immer da drin badest.«

»Na ja, ganz so schlecht verdien ich nicht«, murmelte Penny und beugte sich über die Wunde, um sie genauer zu betrachten. Anblicke wie dieser schockierten sie längst nicht mehr. Seit sie sich an einem Abend mit Nora in einer Bar in Charlottenburg nach einer aufregenden Mordstory in Neukölln betrunken hatte, hatte sie exklusiven Zugang zu den heiligen Hallen der Rechtsmedizin.

»Sag ich ja gar nicht. Nur du bist süchtig nach diesem Duft.«

Penny schwieg. Sie musste an ihre Kindheit zurückdenken. Ihre Mutter hatte *Chanel N° 5* getragen. Sie sammelte sich die Proben heimlich in den Parfümerien zusammen, das war das kleine bisschen Luxus, das sie sich in ihre triste Wohnung holte. So lange bis sie es nicht mehr ausgehalten hatte und mittags einfach nicht mehr da gewesen war, als Penny von der Schule nach Hause gekommen war.

»Weißt du schon was?«

Nora drehte sich wieder zur Leiche und zeigte mit der behandschuhten Hand auf den Schnitt, der der jungen Frau quer über den Unterleib lief. »Einschnitt, wahrscheinlich mit einem gezackten Messer. Nicht wahnsinnig tief, aber hier«, sie deutete auf ein etwa vier Zentimeter tiefes Loch, das sich oberhalb der ersten Wunde unter dem Brustkorb befand, »hier liegt die Todesursache. Der- oder diejenige hat eine der Herzkammern erwischt, schätze ich, das kann ich allerdings erst sagen, wenn ich während der Obduktion ihren Torso geöffnet habe. Außerdem hat sie auch den tiefen Schnitt quer über den Unterbauch, ich vermute, der wurde ihr vor dem Stich ins Herz zugefügt.«

»Das heißt, sie hat noch gelebt, als er ihr in den Bauch geschnitten hat?«

»Ja, sie hat noch gelebt.«

»Verstehe.«

»Das ist aber nicht alles.«

»Ach ja?«

Nora liebte solche Spielchen, Penny wusste das genau, doch heute hatte sie keinen Nerv dazu.

»Spuck's schon aus.«

»Ich hab das hier gefunden.« Nora deutete auf den Mund der Toten, in dem ein zerknitterter weißer Zettel steckte.

»Was steht drauf?«

»Das möchtest du wohl gerne wissen.«

Penny verdrehte die Augen. »Ja, liebste Nora, das möchte ich außerordentlich gerne wissen.«

»Was krieg ich dafür?«

»Ein Essen im Mädchenitaliener?«

Nora überlegte einen Moment und zog das Stück Papier vorsichtig mit einer Pinzette hervor. »Okay, besser als nix.«

Der Zettel war ungefähr so groß wie eine DIN-A-5-Seite und an einer Seite eingerissen. Der Text war mit einem schwarzen Edding in Druckschrift geschrieben.

»*Das ist erst der Anfang*«, las Penny laut vor. »Unheimlich, hm?«

Nora zuckte mit den Schultern. Sie schien nicht besonders beeindruckt. Aber vielleicht darf man auch nicht übermäßig beeindruckbar sein, um an einem solchen Ort zu arbeiten, dachte Penny zum tausendsten Mal. Und irgendjemand musste es tun.

»Wann kommen die Bullen?«

»Nenn sie bitte nicht immer so.«

»Wann kommt unser Freund und Helfer?«

»In einer Viertelstunde, dann beginnt die Obduktion offiziell, dann musst du verschwunden sein.«

Penny nickte. »Wisst ihr schon, wer sie ist?«

Nora blickte sie prüfend an. »Kein Wort, wenn ich es dir sage, okay?«

»Keine Frage!«

Sie konnte sich auf Penny verlassen, das wusste Nora. Ihre Freundin deutete auf eine kleine Metallschüssel in der die Gegenstände der Toten lagen, die sie bei ihr gefunden hatten, durch einen Plastikbeutel schien ein Portemonnaie hindurch.

»Sie heißt Charlene Walter. Sie war eine Prostituierte, wie es aussieht. Sie trug nur Strapse und einen hohen Schuh, außerdem hat sie ein Tattoo über dem Schamhügel.«

»Darf ich?«

»Klar.« Nora hielt ihr Einweglatexhandschuhe hin, die ein schmatzendes Geräusch machten, als Penny sie überzog.

Penny beugte sich vor und öffnete den Reissverschluss des Leichensacks, in dem die junge Frau lag, ein wenig mehr. Über der rasierten Scham war in geschnörkelter Schrift *Cheryl* eintätowiert und drumherum ein paar Herzchen. Sie betrachtete das Gesicht der Frau.

»Gott, sie sieht wirklich noch jung aus.«

»Sie ist jung. Laut Personalausweis sechsundzwanzig.«

»Drogen?«

»Ich hab auf den ersten Blick keine Einstiche gesehen, aber sie hat ein Kind geboren, das kann ich schon mal sagen.«

Penny sah sie betroffen an. »Das heißt, irgendwo da draußen vermisst jemand seine Mutter.«

»Sieht so aus.«

Wortlos starrten sie auf die Leiche herunter, die unter dem kalten Neonlicht der Rechtsmedizin, nackt und jeder Würde beraubt, vor ihnen lag.

»So«, sagte Nora energisch.

»Genug getrauert. Gleich kommt die Polizei hier anmarschiert, und dann möchte ich, dass du deinen süßen Hintern hier entfernt hast.«

»Wann, glaubst du, gibt die Polizei die Story frei?«

»Sollte etwas zu mir durchsickern, wirst du es als Erste erfahren, liebe Penny, wie immer.«

»Indianerehrenwort?«

»Es ist kein Weltuntergang, wenn du nicht jedes Mal den renommiertesten Journalistenpreis mit deiner Geschichte gewinnst.«

Penny verzog den Mund. Sie wurde nicht gerne an ihren Triumph erinnert. An ihre große Stunde, die ihr kaum im Gedächtnis geblieben war, als sie dem Bundespräsidenten die Hand geschüttelt hatte. Ihre Knie zitterten wie verrückt, die neue schwarze Strumpfhose kratzte, und sie musste die Augen schließen, so sehr blendete sie das Blitzlichtgewitter der Kameras. Fünfundzwanzig war sie erst, als sie den Preis für ihre Enthüllungsgeschichte über Kindesmissbrauch an ihrer alten Schule in Berlin Marzahn geschrieben hatte. Sie war irgendwie dort hineingerutscht, dabei hatte sie nur mit ihrer alten Freundin Lore einen Kaffee trinken wollen, und als sie ihr erzählt hatte, was ihr damals in der Aula nach der Aufführung vom Schulchor passiert war, hatte Penny gar keine andere Wahl gehabt, als der Geschichte auf den Grund zu gehen. Das, was darauf folgte, hatte sie völlig überrollt.

Der Direktor, der in Schimpf und Schande von der Schule verwiesen wurde, und in seinem Schlepptau vier Lehrer, die Penny allesamt gut kannte. Den Preis, den sie dafür erhielt, stellte sie bei Herbert in den Badezimmerschrank. Sie hatte damals nichts davon mitbekommen, was sich direkt unter ihren Augen abgespielt hatte, und dafür schämte sie sich heute noch.

»Ich danke dir.« Sie lächelte Nora zu und ließ die große, blanke Metalltür hinter sich zufallen.

Kapitel 9

Es war nicht mit anzusehen. Die kleinen Fäuste waren so fest zusammengepresst, dass die Knöchel weiß hervortraten. Die Kleine hatte es nicht mit Absicht getan. Die Flasche war ihr heruntergefallen, als sie einen Schritt zur Seite gemacht hatte. Einen Schritt, um das Gleichgewicht auf den süßen weichen, rundlichen Beinen zu halten, das musste so schwierig sein für jemanden, der noch so winzig klein war. Sie war ganz blass um die Nase, ihre Augen füllten sich mit Tränen. Große, unschuldige graublaue Augen. Sie hatte Angst, schreckliche Angst sogar. Der Abdruck, den die Mutter auf ihrem Oberarm hinterlassen hatte, war feuerrot. Wieder und wieder hielt sie dem Mädchen die zerbrochene Flasche unter die Nase, und ihre Stimme wurde lauter und schriller. Die Kleine wusste sich nicht zu helfen, sie schlug die Hände vors Gesicht und weinte bitterlich. Er konnte es genau hören.

Es war ein verzweifeltes Geräusch, ein Wimmern wie von einem verletzten Tier, es ging ihm durch Mark und Bein, tiefer und tiefer, und er konnte nicht anders, er hielt sich die Ohren zu, sein Oberkörper wippte hin und her.

Als er die Augen öffnete, konnte er den Schlag gerade noch sehen. Er riss den Kopf des kleinen Mädchens nach hinten, und es hielt den Mund wie im Schock geöffnet, erstarrt, festgefroren. Das Weinen hatte schlagartig aufgehört.

Die Mutter sammelte die herumliegenden Sachen ein, jede ihrer Bewegungen drückte rasende Wut aus. Dann nahm sie das Kind grob an der Hand und zerrte es hinter sich her. Es war verstummt. Seine Haut war käseweiß und seine kurzen, kleinen Beine versuchten, den langen der Mutter in der wohlgeformten Designerjeans zu folgen. Es stolperte, fing sich wieder und lief so schnell hinter ihr her, wie es nur konnte. Eine schöne Frau. Langes rotblondes Haar, ein großer, rot geschminkter Mund. Ihre Handtasche war mit Sicherheit teuer, und er konnte den Duft ihres Parfüms bis zu sich herüber riechen. Aber dahinter verbarg sich eine Fratze. Eine böse, hässliche Fratze, und er spürte, wie der Zorn wieder in ihm hochstieg. Eine kalte, präzise Wut.

Langsam erhob er sich, warf seinen leer getrunkenen Latte-macchiato-Becher in den Abfalleimer, wie es sich gehörte, und folgte den beiden. Vorsichtig und ganz langsam. Er hatte alle Zeit der Welt. Diese Art von Wut machte ihn berechnend, kalkulierend. Er wusste, wie er unsichtbar werden konnte, diese Fähigkeit beherrschte er noch immer bis zur Perfektion. Er würde sie nicht aus den Augen lassen, diese schöne junge Frau, und dann würde er einen Weg finden, um dem Kind zu helfen. Denn das benötigten sie, die Allerkleinsten, seine Hilfe. Er war dazu da, sie ihnen zu geben.

Kapitel 10

Penny lief und lief. Der Schweiß rann ihr die Schläfen hinunter und brannte in ihren Augen. Es dämmerte, und der Himmel hatte den typischen Berliner Farbton, in dieser Stadt wurde es niemals richtig dunkel. In manchen Nächten mochte Penny das schwefelgelbe Licht, das jede noch so versteckte Ecke erreichte. Manchmal, wenn sie nicht schlafen konnte, presste sie sich das Kissen aufs Gesicht und versuchte, der Helligkeit zu entkommen, die kein Rollo der Welt zurückhalten konnte.

Der Anblick der Leiche hatte ihr zugesetzt, also lief sie. Sie sollte laufen. Das hatten die Ärzte ihr wieder und wieder gesagt. Sport, gesunde Ernährung, regelmäßiger und ausreichender Schlaf und kein Alkohol zu den Medikamenten. Wenn sie sich daran hielt, ging es ihr gut, doch manchmal konnte sie sich nicht daran halten. Das Leben war nun mal kein gleichmäßiger, ruhiger Fluss. Sie konnte nicht alle Faktoren ausschalten, die sie stressten und sie aufregten. So war es eben, und sie musste lernen, damit zu leben.

Und dann gab es die Tage, an denen Penny nicht wollte. Sie wollte nicht früh schlafen, keinen Sport machen, und die ewigen Tomaten, das helle Fleisch und das Obst hingen ihr zum Hals raus. Dann wollte sie sich in eine Kneipe setzen und Tequila trinken und so viel rauchen, dass ihr die Lunge wehtat. Dann wollte sie sich ein neues Tattoo stechen lassen, aber es gab keinen Zentimeter auf ihrem Rücken, der noch frei war, und sie hatte sich geschworen, dass man es nur sehen sollte, wenn sie nackt war.

An solchen Abenden wollte Penny nicht darüber nachdenken, was sie sollte und nicht durfte und was das Beste für sie war und das Gesündeste, und wenn sie merkte, dass ein solcher Abend auf sie zukam, stieg sie in ihre Schuhe, die an den Sohlen total abgelaufen waren, und ging zwei Stunden lang im Tiergarten joggen, eine Runde nach der anderen. Oder sie ging in eine Kneipe und bestellte Tequila. Und manchmal, wenn sie morgens aufwachte, fühlte sie sich wunderbar und berauscht, und sie hatte das Gefühl, sie könnte Bäume ausreißen. Dann war ihr klar, dass sie nicht gut auf sich geachtet und ihre Medikamente nicht ordentlich genommen hatte, aber das Problem war, das Gefühl war einfach zu gut. Viel zu gut und viel besser, als würde sie die bitteren Pillen schlucken.

Das war es. Das war ihr Leben, ihr Kreislauf zwischen den Dämonen, die in ihrem Kopf um die Herrschaft stritten. So war es, und so würde es immer sein. Pennys Handy klingelte. Sie zog es aus ihrer Tasche, lehnte sich vornüber, stützte die Hände auf die Knie und hielt es ans Ohr.

»Störe ich?«

»Ich jogge.«

»Lobenswert.«

»Hm. Was gibt's?«

»Du bist mit deinem Text fertig, nehme ich an.«

»Guck in deinen Mail-Account.«

Max wusste, dass er den Text nicht würde gegenlesen müssen, auch wenn sein Perfektionismus ihm das verbat. Wenn Penny etwas ablieferte, war es perfekt. Sonst würde sie es nicht abliefern. So chaotisch ihr Leben und sie selbst waren, ihre Texte waren es nie. Sie waren von einer scharfen Präzision und mit einem intelligenten Unterton, wie kaum jemand schreiben konnte, das hatte er ihr einmal gesagt. Auf Penny war tausendprozentig Verlass. Wenn sie ablieferte.

»Ich sehe es, danke dir.«

»Klar, gern geschehen.«

»Wie war's?«

»Was?«

»Die Leiche?«

»Zauberhaft, wie immer.«

Er seufzte. »Geht es dir gut, Penny?«

»Das hast du mich, wenn ich mich nicht irre, vor ein paar Stunden schon mal gefragt.«

»Und jetzt frage ich dich wieder.«

Penny ging in die Hocke, langsam kam sie wieder zu Atem. Es war verdammt duster im Park, auch wenn sie nicht ängstlich war, richtig wohl war ihr nicht zumute.

»Es ist alles in Ordnung, Max«, sagte sie betont. »Wie du siehst, treibe ich brav Sport und habe sogar vorhin einen ganzen Teller Pasta gegessen, und das, obwohl mir noch das Bild von der Leiche im Kopf rumgespukt ist.«

»Dann frage ich nicht mehr.«

»Das hältst du sowieso nicht durch.«

Sie hörte sein Lächeln durch den Hörer.

»Da hast du wahrscheinlich recht. Wir sehen uns morgen. Gute Nacht.«

»Gute Nacht, Max.«

Penny richtete sich auf und steckte ihr Handy zurück in die Jackentasche. Wind war aufgekommen. Er war kalt, die Luft roch nach Schnee. In vier Wochen war Weihnachten, und Penny wusste nicht, welche Zeit im Jahr sie noch mehr hasste. Sie konnte es nicht leiden, die ewig blinkenden Lichtlein überall, die Schmalzmusik, die aus jedem Lautsprecher troff, dieser ganze Heckmeck für einen einzigen Tag. Schwachsinn.

Reiß dich zusammen, Penny Kalunke, schalt sie sich, heute ist nicht dein Tag. Sie legte den Kopf in den Nacken, sah über den Dächern den dunklen Himmel schimmern. Sie schloss die Augen und holte tief Luft. Und jetzt weiter, sie war mit ihrem Pensum noch lange nicht am Ende.

Kapitel 11

O verflixt, was war nun schon wieder? Sophie Wellenstein ließ die Tasse mit einem lauten Knallen auf die Untertasse fallen, sodass Helene in ihrem Stühlchen zusammenzuckte. Konnte man nicht mal fünf Minuten seine Ruhe haben?

Sie war gerade aufgestanden und hatte nicht mal ihre erste Dosis Koffein intus, und bis dahin ging einfach gar nichts. Es klingelte noch einmal. Ja, zur Hölle, sie war nicht taub. Hatte er etwa schon wieder seinen Schlüssel vergessen? Lucas war so unglaublich schusselig, er hatte ihr die gemeinsame Tochter mit einem vorwurfsvollen Gesichtsausdruck in die Hand gedrückt, als könnte sie etwas dafür, dass er sich zu spät von seiner Wohnung aufgemacht hatte und nun mal wieder der Letzte auf der Arbeit war, doch das war zum Glück nicht mehr ihr Problem. Trotzdem liebte er es, ihr ein schlechtes Gewissen zu machen, und kam immer auf den letzten Drücker, um Helene vorbeizubringen, wenn sie nachts bei ihm gewesen war, und manchmal hatte sie das Gefühl, er tat das extra, um sie zu ärgern.

»Mami?« Helene sah sie mit großen graublauen Augen fragend an.

Dieser Blick machte Sophie wahnsinnig. Sie konnte nichts dagegen machen, sie liebte ihre Tochter, aber die Momente, in denen sie sich heimlich fragte, ob es eine gute Idee gewesen war, dass sie Helene in die Welt gesetzt hatten, häuften sich. Sie war müde. Sie war überfordert und gleichzeitig auf eine schier unerträgliche Art unterfordert. Sophie vermisste ihre Kollegen in der Agentur, und sie vermisste es, abends ins Theater zu gehen und sich unter der Woche zu betrinken, wenn ihr danach war. Einfach nur so, weil sie Lust darauf hatte und weil sie es konnte. Weil niemand sie mitten in der Nacht mit ohrenbetäubendem Gebrüll weckte und sie keine Ahnung hatte, was, in Gottes Namen, nun schon wieder los war. Es klingelte zum dritten Mal.

»Mami?«

»Halt die Klappe«, zischte sie ihrer Tochter zu und zwang sich aufzustehen.

Einen Schritt vor den anderen zu setzen, auch wenn sich ihre Beine anfühlten, als ginge sie unter Wasser.

Er sah jung aus und eigentlich ganz nett.

»Ja?«

»Sind Sie Sophie Wellenstein?«

»Ja, wieso?«

Helene schrie aus der Küche, und Sophie merkte, wie ihr der Schweiß ausbrach.

»Ich soll mir Ihren Laptop ansehen.«

»Was? Warum?«

»Ich bin herbestellt worden, um mir Ihren Computer anzusehen.«

Sophie schüttelte den Kopf. »Mit meinem Laptop ist alles okay, ich hab ihn vor zehn Minuten benutzt.«

»Ich habe gerade mit Ihrem Mann gesprochen.« Er lächelte. »Lucas Wellenstein, richtig?«

»Ja, richtig. Das ist mein Mann. Genauer gesagt, mein Ex-Mann.«

Warum erzählte sie ihm das? Helene schrie noch lauter. Sie musste nach ihr sehen, sie konnte langsam selbst aufstehen, nicht dass sie aus ihrem Kinderstuhl fiel.

»Wieso, was hat er gesagt?«

»Hat er Ihnen nichts von dem neuen System erzählt?«

Sophie schüttelte erneut den Kopf, ungeduldig, sie musste nun wirklich nach Helene sehen. Weiß der Henker, was sich Lucas wieder in den Kopf gesetzt hatte. Er war verrückt nach den ganzen neuen technischen Sachen, mit denen er seine Wohnung vollstellte. Wenigstens nicht mehr ihre, ständig waren irgendwelche Lieferungen mit neuester Technik angekommen, die sie überfordert hatte, und das Ganze hatte dazu geführt, dass Sophie kaum noch in der Lage gewesen war, den Videorekorder allein anzustellen.

»Dann soll es vielleicht eine Überraschung sein.« Der junge Mann lächelte sie nach wie vor höflich fragend an.

Ach, was soll's? Sophie machte eine müde Handbewegung und winkte ihn herein.

»Folgen Sie mir.« Sie wandte ihm den Rücken zu und deutete auf den glänzenden Parkettboden, auf dem Spielzeug verstreut herumlag. »Passen Sie auf, wohin Sie treten.«

Helene saß mit tränengefüllten Augen in ihrem Stühlchen und starrte sie an. Sie öffnete den Mund und fing an, spitz zu schreien. Was hat sie denn jetzt schon wieder?, dachte Sophie ärgerlich, als sie im Begriff war, sie aus dem Stuhl zu heben. Plötzlich spürte sie einen stechenden Schmerz im Hals. Zuerst glaubte sie, eine Biene hätte sie gestochen. Mitten im Winter? Sie griff nach der Stelle, die sich seltsam kalt anfühlte, und bemerkte, dass ihre Beine schwach wurden. Sie wollte sich nach dem jungen Mann umdrehen, dessen Atem sie mit einem Mal ganz deutlich an ihrem Ohr spürte, sie hatte ihren Kopf jedoch nicht mehr unter Kontrolle.

Das Letzte, was sie sah, war der weit aufgerissene Mund ihrer kleinen Tochter, dann wurde alles um sie herum schwarz.

Kapitel 12

Der Kaffee war scheußlich. Aber wenigstens hatte sie welchen gefunden. Sie mochte ihn eigentlich nicht ohne Milch, doch die abgelaufene Kaffeesahne, die sie im Kühlschrank entdeckt hatte, zierte eine dunkelgraue Schimmelschicht, und sie hatte sie gleich mit dem alten Lachsersatz und den Eiern entsorgt, die offensichtlich seit geraumer Zeit vor sich hin gammelten. Irgendwann würde er sich selbst vergiften, wenn er sich bis dahin nicht zu Tode gesoffen hatte.

»Guten Morgen«, sagte Penny laut, knallte die Tasse mit dem dampfenden Kaffee direkt neben seiner Nase auf den Nachttisch und sah mit Genugtuung, wie er erst zusammenzuckte und dann die Augen aufschlug.

»Na, wach?«

Zwischen den Brauen ihres Vater bildete sich eine steile Falte.

»Penny?«, fragte er schließlich, rieb sich die Augen und setzte sich auf.

»Höchstpersönlich.«

Sie ließ sich in den wackeligen Sessel zurücksinken und verschränkte die Arme vor der Brust.

»Was machst du hier?« Er fasste sich an die Schläfen und stöhnte leise auf.

»Kopfschmerzen, was?«

Er blinzelte sie verwirrt an und drehte sich zu Irina um, die auf dem Rücken lag, den Lippenstift verschmiert, und schnarchte wie ein alter Hafenarbeiter.

»Was machst du hier?«, fragte er noch einmal und fuhr sich prüfend über den stoppeligen Bart. »Wie viel Uhr ist es?«

»Oh, habe ich den Herrn geweckt? Das tut mir leid!«

Penny spürte, wie ihr die altbekannte Wut die Kehle hinaufkroch. Sie konnte das nicht mehr. Sie hatte ihre eigenen Probleme, ihr eigenes Leben. Wieder verfluchte sie ihre Mutter, die sie allein gelassen hatte, sie in der Tinte hatte sitzen lassen. Nicht dass sie ihr nur als kleines Geschenk ihre Krankheit vererbt hatte, nein, sie hatte wortwörtlich einen Haufen Scherben hinterlassen, und ihr Mädchen hockte mittendrin.

Natürlich hatte sie ihren Vater nicht in der Zelle schmoren lassen. Und wenn sie es sich noch so oft vornahm, sie brachte es nicht übers Herz. Dieses Häufchen Elend, das er nach einer durchzechten Nacht am nächsten Morgen war, das wusste sie genau, wäre dem nicht gewachsen. Er war dann so verloren, so voll echter Reue und so hilflos wie ein kleines Kind. Sie konnte ihn nicht in einer Ausnüchterungszelle aufwachen zu lassen. Und wenn es sie umbrachte, sie konnte es nicht.

»Ach, Pennylein.« Herbert ließ den Kopf zwischen die Hände sinken.

Es zerriss sie schier, ihn so zu sehen. Den Ritter ihrer Kindertage. Ihren strahlenden Helden, mit dem sie Zelttouren an den Glienicker See unternommen hatte, der ihr die schönsten, größten Geburtstagskuchen gebacken hatte und mit ihr ins Kino und zu *McDonald's* gegangen war, wenn ihre Mutter es wieder tagelang nicht geschafft hatte, aufzustehen und ihr Frühstück zu machen. Der funkelnde König, der ihr jeden Nikolaus einen gefüllten Stiefel mit Süßigkeiten und frischen Mandarinen vor die Tür gestellt hatte und der zu jedem Elternabend in der Schule erschienen war, komme, was da wolle.

Und dann war ihre Mutter plötzlich weg gewesen. Als sie aus der Schule nach Hause kam, spürte sie schon beim Betreten der Wohnung, dass etwas anders war. Nicht dass auf Penny jeden Tag ein warmes Mittagessen gewartet hätte, manchmal aß sie wochenlang irgendetwas aus der Dose, etwas, das sie aus dem Hochschrank in der Küche gefischt hatte.

Aber sie kannte es nicht anders. Dass ihre Familie anders war, war ihr erst aufgefallen, als sie in die Schule kam. Mehrere Kinder aus der Fischerinsel, dem Hochhauskomplex mitten in Berlin mit dem romantischen Namen, der so gar nichts Romantisches an sich hatte, gingen mit ihr in die Schule. Penny war ein »Schlüsselkind«. Als sie klein war, hatte ihre Mutter ihr einen Kochlöffel um den Hals gehängt, damit sie die Knöpfe des Fahrstuhls hatte erreichen können.

Ihre Wohnung war ganz oben. Berlin lag ihnen zu Füßen wie ein großes, atmendes, graues Tier. Im Winter konnte sie den Schnee auf dem Teufelsberg glitzern sehen, wenn die Luft klar war, und im Sommer war es so heiß, dass sie nur nackt durch die Wohnung liefen. Ihre Eltern waren so oder so oft nackt. Im Wohnzimmer gab es einen niedrigen Tisch, eine Couch und Bücherregale, die sich an den Wänden entlangzogen. Flaschen standen überall herum. Penny hatte die Nachbarn im Treppenhaus murmeln hören, ihre Eltern seien »Wendeverlierer«. Sie wusste nicht, was das Wort bedeutete, und sie hatte auch nie das Gefühl, ihre Eltern würden sich selbst als Verlierer sehen.

Bei ihnen zu Hause war es meistens lustig. Viele Gäste gingen ein und aus, und wenn ihr Vater einen Job hatte, hatten sie immer was zu feiern, und ständig diskutierten ihre Eltern mit ihren Freunden und rauchten und tranken bis tief in die Nacht hinein. Penny war glücklich.

Nachdem die Mauer gefallen war, wurde es schwieriger. Sie blieben in ihrer Wohnung, viele Freunde zogen weg. Ihr Vater hatte sich schwergetan, einen Job zu finden, er hatte Drucker gelernt, und die Firma, in der er immer wieder gearbeitet hatte, war pleitegegangen.

Penny verstand heute, dass er mit dem Fall der Mauer seinen Status als Intellektueller in der DDR verloren hatte. Sie waren quasi mit einem Fuß im Knast gewesen, so hatte er es ihr zumindest immer stolz erzählt, aber sie waren auf ihre Art jemand gewesen. Die viel beschworene und besungene Demokratie, von der sie und ihre Freunde geträumt hatten, hatte ihnen, wie so vielen anderen ihrer Generation, kein Glück gebracht.

Und dann war ihre Mutter fort. Sie konnte ihre Abwesenheit körperlich spüren, und der magere Abschiedsbrief auf dem Küchentisch gab ihrem Vater den Rest.

Es hatte ihm das Herz gebrochen.

Nun war sie allerdings stinksauer. »Spar dir dein ›Pennylein‹.«

Er hob den Kopf und sah sie unglücklich an.

»Ich ... ich kann mich nicht erinnern«, sagte er schließlich leise.

»Ist auch besser so.«

Irina neben ihm schnarchte laut auf und drehte sich auf die Seite.

Penny verdrehte die Augen.

»Ist das jetzt ein Dauerzustand?« Sie deutete auf sie und musste sich zusammenreißen, ihre Stimme nicht zu erheben und ihren Vater anzuschreien.

Er zuckte mit den Schultern. »Weiß nicht.«

»Weißt du nicht!«

»Sie ist wenigstens nett zu mir.« Trotzig sah er ihr in die Augen. »Im Gegensatz zu gewissen anderen Leuten hier.«

»Ist sie auch so nett, dass sie dich nachts aus der Ausnüchterungszelle holt? Ach nee, ich vergaß, sie saß ja selbst drin, ungünstig.«

»Sei nicht so verflucht selbstgerecht, Penny«, zischte ihr Vater und rieb sich die Augen.

Scheiß drauf. Sie konnte hier nichts tun. Zumindest nicht im Moment. Sollte er sich doch zu Tode saufen. Und seine Schlampenfreundin gleich mit.

»Ich muss zur Arbeit«, sagte sie knapp und erhob sich. »Manche Leute tun das.«

Tränen der Wut standen ihr in den Augen, als sie die Wohnungstür mit einem lauten Knall zuschlug.

Kapitel 13

Verflixtes Viech! Jule Tack drohte endgültig der Geduldsfaden zu reißen. Es war zum Mäusemelken, der dämliche Hund war noch störrischer als Helene. Sie brauchte unbedingt einen neuen Job. Warum hatte sie sich von Sophies Gebettel weichklopfen lassen? Als alleinerziehende Mutter hatte sie es nicht leicht, die Kleine war nicht ohne, aber, Himmelherrgott, jeder hatte seine Probleme, nur Sophie schaffte es immer wieder, ihre als die wichtigsten auf der ganzen Welt aussehen zu lassen.

»Weil es meine Probleme sind«, hatte sie nur genervt geantwortet, als Jule ihr vorgeworfen hatte, dass sie sich nur um sich selbst drehte.

Jule seufzte und versuchte, den Dackel mit dem hellrosa Halsband, auf das *Putzi* gestickt war, dazu zu bringen, sich zu ihr zu bewegen, doch es war hoffnungslos. Er stemmte seine kleinen pelzigen Pfoten in den Boden und starrte sie aus seinen Knopfaugen herausfordernd an.

»Dann halt nicht!«

Sie machte einen Schritt auf den winzigen Hund zu, schnappte ihn sich und klemmte ihn unter den Arm, dann musste es eben so gehen. In einer Dreiviertelstunde fing ihre Vorlesung an, und es war eh schon nett genug, dass sie den verzogenen Köter gestern Abend zu sich nach Hause mitgenommen hatte, nur weil Sophie es nicht auf die Reihe gekriegt hatte, rechtzeitig vom Kindergarten nach Hause zu kommen, um Jule endlich das überfällige Geld für die vielen Stunden Babysitting und »Hundausleeren« auszuzahlen. Aber heute würde Jule darauf bestehen. Sie musste ihre Miete bezahlen, außerdem schlich sie schon seit Ewigkeiten um die Schuhe in dem kleinen Laden in der Bleibtreustraße herum. Heute würde sie sich nicht mit warmen Worten abspeisen lassen, Freundschaft hin oder her.

Beim Hinaufsteigen der Treppe hörte sie ein Kind brüllen. Schritt für Schritt wurde das Schreien lauter. Kam es etwa aus Sophies Wohnung?

Sophie sei die einzige Hausfrau und Mutti, wie sie Jule immer wieder volljammerte, die in dem Mehrfamilienhaus wohnte. Die anderen Mütter seien alle berufstätig, und sie sei tagsüber total allein, niemand, der wenigstens mal einen Kaffee mit ihr trinken würde. Jule hatte still bei sich gedacht, dass sie das Problem ja ganz einfach würde lösen können, indem sie sich einen Job suchte, so wie alle anderen auch, sie hatte sich jedoch auf die Zunge gebissen und ihre Bemerkung heruntergeschluckt. Sophie konnte sehr anstrengend werden, wenn man sich mit ihr auf eine Grundsatzdiskussion einließ, das hatte Jule schon vor langer Zeit gelernt und beschlossen, solche Gespräche mit ihrer Freundin zu vermeiden.

Der Lärm drang tatsächlich aus ihrer Wohnung. Komisch, das sah Sophie gar nicht ähnlich, die Kleine schreien zu lassen. Sicher, sie war manchmal ungeduldig, und es rutschte ihr mal die Hand aus, wie sie Jule mal beschämt gestanden hatte, aber Helene so brüllen zu lassen, war ungewöhnlich.

Jule beschleunigte ihre Schritte und drückte den Dackel automatisch fester an sich, was er mit einem vorwurfsvollen Quieken quittierte. Sie nahm zwei Stufen auf einmal und flog die Treppe hinauf. Helenes Brüllen war in ein hysterisches, lautes Schluchzen übergegangen, das Jule deutlich durch die Tür hindurch hören konnte.

»Sophie?« Sie klingelte mit der einen Hand zweimal hintereinander und fummelte mit der anderen den Zweitschlüssel, den Sophie ihr gegeben hatte, aus der Manteltasche. »Sophie? Mach auf!«

Das Wimmern hinter der Tür wurde leiser, endlich hatte Jule den Schlüssel gefunden, sie steckte ihn ins Schloss und drehte ihn herum.

Im Flur war es dunkel. Jule tastete nach dem Lichtschalter links an der Wand und drückte darauf. Das Licht blendete sie einen Moment, dass sie die Augen schließen musste. Der Dackel sprang aus ihrem Arm, und anstatt mit einem lauten Bellen in der Küche zu verschwinden, die rechts vom Flur abging, blieb er wie angewurzelt stehen und stieß ein hohes Jaulen aus.

»Sophie?«, sagte Jule noch einmal, und ihre Stimme hörte sich ganz dünn an. »Wo ... wo bist du denn?«

Das leise Wimmern des Kindes war mittlerweile vollkommen verstummt.

Jule hörte das Blut überlaut in ihren Ohren rauschen, wie ferngesteuert setzte sie einen Fuß vor den anderen Richtung Küche, sie konnte ihre eigene Angst förmlich riechen. Irgendetwas stimmte hier ganz und gar nicht.

»Helene, Liebes, bist du da? Wo ist Mami?«

Das Bild, das sich ihr bot, als sie in die Küche abbog, würde sie ihr Leben lang nicht vergessen. Es würde sich in ihr Gehirn eingebrannt haben, mit all seinen schaurigen Einzelheiten, mit all den Gerüchen und den Kleinigkeiten, die falsch waren, einfach falsch, die sie nicht hätte sehen dürfen an einem stinknormalen Novembermorgen, gerade mal vier Wochen vor dem Fest der Liebe.

Helene war von oben bis unten mit Blut besudelt. Es klebte sogar in ihren hellblonden Haaren, die sie ohne Frage von ihrer Mutter geerbt hatte.

Sie saß auf dem Boden, die kleinen dicken Beine von sich ausgestreckt wie eine Puppe, und hatte eine Hand ihrer Mutter an die Wange gelegt, wiegte dabei den Oberkörper hin und her und starrte Jule aus weit aufgerissenen Augen an. Sie trug das *Oilily*-Kleid, das Jule ihr geschenkt hatte, und das Blut auf den Armen und Händen schien übergangslos in die aufgestickten roten Rosen zu fließen, die auf ihrem Kleid leuchteten.

Jule konnte Sophies Gesicht nicht sehen. Sie lag mit dem Rücken zu ihr, den Körper in einer verdrehten Haltung. Durch ihren gespaltenen Hinterkopf sah Jule Sophies Gehirn, ein Stück des weißen Schädelknochens, der eigentümlich sauber durch die rosige Hirnmasse hindurchschimmerte.

»Helene.« Jules Stimme war nur ein Flüstern.

Sie spürte, wie sie keine Kraft mehr in den Beinen hatte, als wären sie aus Gummi. Sie fiel auf die Knie und streckte die Arme nach dem Mädchen aus. Helene sah sie weiter stumm aus ihren Augen an, die überdimensional in ihrem kleinen Gesicht wirkten, und wiegte sich weiter hin und her, das leise Wimmern hatte wieder eingesetzt. Sie hielt die leblose Hand ihrer Mutter nach wie vor in ihrer kleinen Faust und wischte sie sich wieder und wieder über die Wange, jedes Mal eine neue Blutspur hinterlassend.

Ganz ruhig, beschwor sich Jule, obwohl sie spürte, dass sie gleich kotzen musste. Ihr Magen schien sich umzustülpen, und mit einem krampfhaften Würgen schluckte sie den Drang hinunter sich zu übergeben.

»Helene«, sagte sie noch einmal, erhob sich mit zitternden Knien und ging einen Schritt auf das Kind zu. »Komm, Helene, Mami geht es nicht so gut, komm mit mir, ich werde jetzt einen Arzt rufen, und du kommst mit mir, okay?«

Was redest du da bloß?, dachte sie, trat einen weiteren Schritt auf Helene zu, vorsichtig, um nicht auf den Unmengen an Blut auszurutschen, die auf dem Küchenboden schwammen. Wie viel Blut hat ein Mensch in sich?

Sie nahm das kleine Mädchen hoch. Helene wehrte sich nicht. Sie ließ die Hand ihrer Mutter los, die mit einem dumpfen, klatschenden Geräusch auf den Boden fiel, und ließ sich gegen Jules Oberkörper sinken. Das Wimmern war in ein gleichmäßiges Summen übergegangen, so etwas wie ein Kinderlied, und als Jule die Wohnung verließ, bemerkte sie erst das ohrenbetäubenden Bellen des Hundes, das die ganze Zeit in ihren Ohren geklungen hatte und nur von dem infernalisch hohen Schrillen in ihrem Kopf übertönt wurde.

Kapitel 14

Was für eine Wohltat. Das kleine Kind in der Blutlache seiner Mutter zurückzulassen, war grausam gewesen, er hatte jedoch keine andere Wahl gehabt. Er hatte sich im Treppenhaus versteckt und die junge Frau beobachtet, die mit dem Schlüssel die Wohnungstür aufgeschlossen hatte.

Eine Stunde hatte er sich gegeben, wenn dann niemand gekommen wäre, hätte er die Polizei verständigt. Das Kind war in Sicherheit, er hatte es gerettet.

Er! Was für ein wundervolles, tiefes, befriedigendes Gefühl das war! Er wusste, er würde nicht alle Kinder auf dieser Welt retten können, doch jedes einzelne war es wert. Seine Hände stanken noch nach ihrem Blut. Als wäre alles Böse, das Bestandteil ihres Wesens gewesen war, Teil jeder Faser ihres Körpers gewesen. Wieder und wieder hatte er sich die Hände mit Desinfektionsmittel abgeschrubbt, ihr widerwärtiger Geruch klebte allerdings noch daran, er würde bis zum Abend warten müssen, bis er allein war und sich von ihrer Schlechtigkeit und ihrer Ekelhaftigkeit würde befreien können.

Was für ein fantastisches Gefühl es gewesen war, ihr die Axt in den Hinterkopf zu rammen! Er könnte schwören, er hätte betörende Stimmen singen hören, Chöre, die ihm zujubelten, ihm, dem Erlöser, dem Heiland, dem Schützer der Schwachen und Beschützenswerten. Ihr entsetztes Gesicht, die Fassungslosigkeit, die sich auf ihren Zügen ausgebreitet hatte, das Staunen und dann das Verstehen darüber, was mit ihr geschah, es war Balsam auf seiner Seele gewesen.

Er hatte dem Mädchen über den Kopf gestrichen. Es hatte ihn aus diesen großen graublauen Augen angesehen, und er hatte sie genau gespürt, die Verbindung zwischen seiner Seele und dieser geschundenen Kinderseele. Aber jetzt, dank ihm, war sie in Sicherheit. Er wusste jedoch, er würde nicht aufhören können, angesichts der hoffnungslosen Situation, in der sich die Welt befand, so viele von ihnen vegetierten in ihren kleinen Welten, in dem Zuhause, in das sie, ohne dass man sie gefragt hätte, hineingeboren worden waren. So viele, hilflos, wehrlos, und er, er würde so viele von ihnen retten, wie es ihm möglich war, das schwor er sich selbst.

Kapitel 15

»Penny? Hallo, jemand zu Hause?«

Ihr Schädel schien nicht richtig auf ihrem Hals zu sitzen. Das Gefühl kannte sie, und sie beschloss, es zu ignorieren. Dieses verdammte Hirn mit all seinen Windungen und Geheimnissen und Vernetzungen, warum, zum Teufel, konnte ihr Hirn nicht genauso zuverlässig und langweilig funktionieren wie bei jedem anderen? Aber das tat es nun mal nicht, und diese elenden Tabletten machten sie müde und schlapp. Manchmal hatte sie das Gefühl, sie würde durch tiefes, schlammiges Wasser waten, zäh wie Lehmklumpen hing es an ihren Beinen, und ihr Kopf war seltsam verklebt und so enervierend langsam.

Und jetzt musste sie funktionieren! Max war eh schon sauer auf sie. Zugegebenermaßen, sie hatte in letzter Zeit nicht richtig performt. Er war geduldig und ließ ihr beinahe alles durchgehen, doch nun war etwas passiert. Sie spürte, wie die Aufregung sie ein wenig belebte, sie hatte beinahe das Gefühl, jede einzelne Zellen lechzte nach Frischluft, nach Input. Endlich war mal wieder was los in ihrem Leben, Penny konnte sich kaum daran erinnern, wann sie das letzte Mal so richtig Spaß gehabt hatte. Hin und wieder gönnte sie sich einen Drink in einer dieser neuen Bars, in der *Green Door Bar*, zum Beispiel, am Winterfeldt Platz, mit dieser albernen Türsteherin. Emma hatte sie mitgenommen, und kichernd hatten sie sich den ganzen Abend mit Gin Tonic und Tequila betrunken, das waren jedoch kleine Inseln in einem Meer aus Arbeit und Vernunft. Ordentlich essen, regelmäßig Sport treiben und bloß früh ins Bett gehen. Penny war es so leid wie kalte Pappe. Sie war eine Sechzigjährige, gefangen im Körper einer Mittzwanzigerin, und das alles wegen dieses verfluchten Kopfs! Danke, Mami, dachte sie verbittert, die hübschen Beine von dir hab ich gerne genommen, den Bipolar-Mist hättest du behalten können.

Also war sie gestern Abend todmüde, nachdem sie Herbert und diese unselige, krachordinäre Irina – Gott, wenn ihre Mutter sie sehen könnte – mit ihrem Golf zur Fischerinsel gefahren und irgendwie in Herberts Wohnung hochgehievt hatte, ins Bett gefallen und hatte die kleine, scheußlich schmeckende Pille nicht genommen. Doch diesmal wusste sie genau, was sie tat. Sie war kein Teenager mehr. Sie würde jeden Abend ein Videotagebuch führen und zusammenfassen, was sie am Tag erlebt hatte, und morgens würde sie es sich ansehen, und dann würde sie sich selbst beobachten können und sofort eingreifen, wenn sie das Gefühl hatte, sie verlöre den Boden unter den Füßen. Und außerdem lagen die Tabletten immer in Reichweite, sie würde sie jederzeit nehmen können, es bestand also gar keine Gefahr, dass es aus dem Ruder laufen würde. Sie kannte sich und ihren Körper mittlerweile so gut wie kaum ein anderer, also kein Grund zur Sorge.

»Ja, sorry, alles gut, ich war nur gerade in Gedanken.«

Kapitel 16

Max machte sich Sorgen. Das war an sich nichts Neues, er hatte die Tendenz, sich Sorgen zu machen. Schon als kleiner Junge hatte die Falte zwischen seinen Brauen im Gegensatz zu seinem gutmütigen, runden Gesicht und seiner warmen Stimme gestanden. Lore hatte die dunklen Wolken über seinem Kopf regelmäßig mit ihrem ausgelassenen Lachen und ihrer patenten, zupackenden Art vertreiben können.

»Mein schwerblütiger Bär« hatte sie ihn immer genannt.

Einfach so. Er hatte es nicht kommen sehen, nein, wirklich nicht, er hatte die Gefahr in Form eines dreißigjährigen Tennnislehrers mit hell getönten Haaren am Horizont nicht früh genug erkannt, und nun war sie fort. Seine Lore, eine klassische Midlife-Crisis-Falle, hatte er gedacht und es nicht fassen können, dass ihr, gerade ihr, so etwas passieren konnte. Anfangs hatte er noch geglaubt, sie käme zurück, er würde ihrer überdrüssig, sie war zwanzig Jahre älter, Himmel!

Doch sie war nicht zurückgekommen, und allmählich musste er sich eingestehen, dass es nicht nur die Midlife Crisis war, die sie von ihm weggetrieben hatte, sondern vielleicht war es tatsächlich seine Schwermut, die ihr die Luft zum Atmen geraubt hatte. Wie auch immer, Lore war im Moment nicht das Objekt seiner Sorgen, Penny war es.

Sie war zu dünn. Sie war immer zu dünn, aber so dünn, das war neu. Wenn er sie so da sitzen sah, musste er an das kleine Mädchen denken, das sich so vertrauensvoll auf seinem Schoß an ihn geschmiegt hatte, und dass ihn sein seidiges dunkelbraunes Haar in der Nase gekitzelt hatte. Das waren die guten Zeiten gewesen. Die Zeiten, bevor die Krankheit Paula, Pennys Mutter, ganz und gar in den Würgegriff genommen hatte. Max seufzte innerlich. Er hatte die beiden zusammengebracht. Seine alte Freundin Paula, die im großen Haus gegenüber in seiner Straße aufgewachsen war, und Herbert. Es war buchstäblich Liebe auf den ersten Blick. Paula, die schon als Kind immer ein wenig wie von einem anderen Stern gewesen war. Dieses feine Gesicht, das blonde Haar, ihr helles Lachen und der seltsam entrückte Blick. Als Junge hatte er das nicht begriffen. Die Leute in der Straße tuschelten, mit der Tochter vom Wenke stimme was nicht, keiner traute sich jedoch, laut etwas zu sagen.

Max fand Paula wundervoll. Ihre übersprudelnden Ideen, die Traumwelten, die sie für sie beide erschuf. Stundenlang konnte er dasitzen und ihr zuhören, wie sie ganze Paläste und Armeen in seinem Kopf zum Leben erweckte, manchmal nickte er dabei ein, und ihre Stimme, die pausenlos weitererzählte, sanft wie ein leises Radio im Hintergrund, beruhigte ihn. Wenn sie »traurig« war, wie sie es bezeichnete, hockte er stundenlang an ihrem Bett und las ihr vor.

Das Haus von Wenkes war das größte in der Straße. Max' Eltern arbeiteten als Pförtner, seine Mutter machte bei Wenkes sauber. Ihre Wohnung lag schräg gegenüber vom Eingangstor, direkt vor dem großen

Wald, im Herbst konnte man durch die Blätter den Orankesee glänzen sehen. Bei Wenkes zu Hause war alles anders. Sogar Donald-Duck-Comics konnte Max bei ihnen lesen, und sie hatten Dinge, die er noch nie gesehen hatte. Paulas Mutter hatte ein wundervolles Parfüm, Max liebte es, wenn sie an ihm vorbeiging und ihr Duft sie umhüllte wie eine Wolke.

»Westparfüm«, sagte seine Mutter einmal abfällig dazu, als sie dachte, er würde sie nicht hören.

Am Sonntag gab es bei Wenkes Braten. Max' Mutter hatte immer einen ganz komischen Gesichtsausdruck, wenn er wieder bettelte, ob er bei Wenkes essen könne, aber sie ließ ihn dann doch immer gewähren, und so verbrachte Max seine halbe Kindheit bei Paula und ihren Eltern. Das Ende der DDR erlebten sie beide nicht mehr. Sie waren alt, als sie Paula bekamen. Hinter vorgehaltener Hand hieß es, das sei der Grund dafür, dass Paula so anders war als die anderen Kinder. Max wurde immer ganz wütend, wenn er das hörte. Ja, Paula war anders als die anderen, genau das machte sie so einzigartig und besonders.

Der alte Stasimann Wenke erfuhr nicht mehr, dass sich seine Tochter der intellektuellen Gegenbewegung in der DDR anschloss, und das war auch besser so. Es hätte ihm das Herz gebrochen. Die Partei hatte gut für Paula gesorgt. Nach dem Tod ihrer alten Eltern wurde ihr eine geräumige Wohnung in Berlin, direkt am Prenzlauer Berg, zugewiesen, und sie erhielt genug Geld, damit sie niemals würde arbeiten müssen. Und natürlich hatte sie unabhängig davon genug Geld geerbt. Die Partei hatte in ihr immer eine vorbildliche Sozialistin gesehen, besonders als sie sich als IM anbot.

Sie habe Zugang zur Intellektuellenszene, versicherte
sie, und die Heirat mit dem jungen Herbert Kalunke,
der der Stasi schon immer ein Dorn im Auge gewesen
war, machte ihre Tarnung perfekt. Paula schüttete sich
immer aus vor Lachen über die Dummheit der »alten
Pfauen«. Sie kannte keinen Respekt vor ihnen.

Nach dem Tod ihres Vaters sorgte Mielke eigenhän-
dig dafür, dass »das junge Ding«, wie er sie liebevoll
nannte, versorgt war. Sie war mit diesen Strukturen
aufgewachsen, sie beherrschte die Klaviatur mühelos,
und ohne den Ansatz eines schlechten Gewissens nahm
sie die Vorteile an, die sich ihr boten, und verriet sie mit
der anderen Hand. Und das, ohne mit der Wimper zu
zucken. Max dachte manchmal, das Leben wäre für
Paula ein einziges Spiel, sie hatte ihre eigene Welt er-
schaffen und lebte nach ihren eigenen Regeln.

Als die Mauer fiel, brachen alle Vorteile für sie weg,
und Paula Kalunke, ehemalige Wenke, ehemalige ver-
wöhnte Tochter eines der höchsten Stasifunktionäre
der DDR, ehemalige Prinzessin in ihrem eigenen Elfen-
beinturm, fand sich plötzlich auf dem Boden der Reali-
tät wieder. Max war sich sicher, dass das der Zeitpunkt
war, an dem ihre Krankheit vollends ausbrach. Wenn
er seine alten Freunde besuchte, hatte er das Gefühl,
der Lack wäre ab, buchstäblich. Herbert, der aufstre-
bende Intellektuelle, die neue junge Stimme im Unter-
grund der DDR, war, ohne dass Max es mitgekriegt
hatte, zu einer Witzfigur verkommen. Seine flammen-
den Reden hatten kein Publikum mehr.

Niemand brauchte mehr seine Vorschläge, wie die
Welt zu verbessern, wie der Umschwung beizubringen
war, er war längst da, und die Frage, wie die Butter aufs

Brot kam, war mit einem Mal weitaus wichtiger. Die Freunde blieben aus, Herbert weigerte sich, eine Arbeit zu suchen, die unter seiner Würde war, seine Versuche, bei einer Zeitung anzuheuern, scheiterten.

Er zog sich immer mehr in sich zurück und begann, die Zeit der DDR, das Regime, gegen das er sein Leben lang angekämpft hatte, zu glorifizieren.

Und Paula, die schwebende Prinzessin seiner Kindertage, verlor nach und nach an Glanz. Es tat Max weh zuzusehen, aber es war eindeutig, wie ihr Licht Tag für Tag mehr erlosch. Sie hatte schon immer gute Medikamente gegen ihre bipolare Störung erhalten, auch dafür hatten die »alten Pfauen« gesorgt, Max hatte den Eindruck, dass sie sie nicht mehr oder nur noch unregelmäßig nahm. Als sie nachts um vier Uhr nackt in der Spree schwamm und danach tagelang im Bett lag, wusste Max, dass es ihr schlechter ging als je zuvor. Er versuchte, mit Herbert darüber zu reden. Der wollte nichts davon wissen, er kümmerte sich jedoch rührend um Penny. Max machte ihm klar, dass er ein Auge auf das Kind hatte. Er wusste, Herbert liebte seine Tochter. Schließlich hatte sich Max damit abgefunden, dass er seine alte Freundin nicht würde retten können.

Doch das Kind, schwor er sich, würde nicht unter die Räder kommen, nur über seine Leiche.

Penny starrte auf die zerkratzte Tischplatte, sie nahm nur am Rande ihres Bewusstseins wahr, dass Max den Raum betreten, sich ihr gegenübergesetzt hatte und sie prüfend musterte. Sie musste nur etwas Wasser trinken, dann würde das schwammige Gefühl in ihrem Kopf wieder verschwinden. Sie schwor sich, heute

Abend wieder laufen zu gehen, auch wenn der Eisregen draußen mit klickenden Geräuschen gegen die Fensterscheiben schlug.

»Max, was willst du?«, fragte sie.

Ihre Stimme klang trotziger, als sie es vorgehabt hatte. Ja, er meinte es gut, der Blick aus seinen traurigen Hundeaugen machte sie jedoch wahnsinnig.

»Ich hab dich gefragt, ob du genug isst.«

Penny seufzte. »Max, ich weiß, du sorgst dich um mich, aber ich schwöre, das musst du nicht! Ich bin ein braves Mädchen, und abgesehen davon bringe ich dir nach wie vor gute Geschichten ins Haus, die deine Auflage steigern. Was willst du mehr?«

»Ich will, dass es dir gut geht«, sagte er eindringlich.

»Was für ein Zufall, da sind wir ja schon zu zweit. Ehrlich, Max, ich bin schon groß, ich bin dir wirklich sehr, sehr dankbar dafür, was du alles für mich getan hast, nur ich werde nicht den Rest meines Lebens damit verbringen, dir damit brezelförmig zu Füßen zu liegen, okay?«

»Okay.« Er erhob sich von der Tischkante, umrundete den großen Redaktionstisch und ließ sich in seinem Bürostuhl nieder, der unter seinem Gewicht ächzte. »Es ist Post für dich gekommen.«

Das war nichts Neues. Redakteure erhielten häufig Leserbriefe, meistens allerdings per E-Mail. Hin und wieder ließen sich die Leser es nicht nehmen, persönliche Briefe zu schreiben. Penny war nach ihrem Preis, mit dem sie im Alter von fünfundzwanzig Jahren ausgezeichnet worden war, eine kleine Berühmtheit.

Max warf einen Briefumschlag aus offensichtlich teurem Leinenpapier zu ihr herüber.

»Danke. Sonst noch was?«

»Das wollte ich eigentlich von dir hören.«

Penny kaute auf ihren Fingernägeln herum. »Ich hab mit einer Freundin von unserer Prostituierten Cheryl gesprochen. Viel ist nicht dabei rausgekommen, Cheryl hatte wohl kaum Kontakt zu den anderen. Jede freie Minute hat sie mit ihrer Tochter verbracht und mit den anderen Mädels nicht richtig mitgemischt.«

»Der Vater von dem Kind?«

»Kevin Walter, tot. Ist mit achtundzwanzig bei der Arbeit auf dem Bau unter einen Laster geraten. Die Kleine ist jetzt bei seiner Mutter.«

Max nickte. »Versuch, etwas über sie zusammenzubasteln, nimm alles, was du kriegen kannst, die Aussage der Freundin, und versuch, die Oma zu erreichen.«

»Hab ich längst, sie will nicht mit uns reden.«

»Was ist mit dem Zettel, den sie bei ihr gefunden haben?«

»Nora sagt mir Bescheid, wenn ich nachhaken kann, natürlich macht sie das unter der Hand, ich hoffe sie bekommt nicht irgendwann Ärger deswegen."

Max nickte ungeduldig, und Penny fiel wieder auf, dass sie diese Eigenschaft an ihm nicht leiden konnte. Sobald er eine sichere Story hatte, war ihm mehr oder weniger egal, was mit der Quelle passierte, abgesehen davon fand sie seine Sichtweise kurzsichtig. Wer wusste schon, ob sich eine gute Quelle nicht auch in Zukunft als nützlich erweisen würde, sie für ihren Teil schützte und pflegte ihre Informanten.

»Sollte die Polizei die Information über den Zettel freigeben, füge ich das noch ein.«

Manchmal hielten die Ermittler Täterwissen zurück, um sich bei Geständnissen sicher sein zu können, den Richtigen zu haben.

»Gut.« Max nickte erneut. »Klemm dich ans Telefon und versuch, noch mehr über unsere Cheryl herauszufinden. Alte Schulfreunde, Ex-Liebhaber, irgendwas, du weißt ja, wie es läuft.«

»Ja, ich weiß, wie es läuft.« Penny lächelte ihn spöttisch an und grüßte zackig mit der Hand an der Stirn. »Ich halte dich auf dem Laufenden.«

Kapitel 17

»Darf ich mich zu euch setzen?«

Tom hob den Kopf und nickte. Penny stocherte lustlos in ihrem Hackbraten herum, er hatte eine undefinierbare graue Farbe, und die Karotten sahen so aus wie schon mal gegessen. Sei's drum, sie hatte eh keinen Hunger.

»Klar«, sagte sie, ohne aufzublicken, und zog den Plastikstuhl neben sich ein Stück zur Seite, um Platz zu machen. Die Beine kratzten auf dem Linoleumboden und hinterließen einen unschönen Strich.

»Danke.«

Flo ließ sich neben ihr nieder und stellte seinen Teller ab. Er hatte die Nudeln genommen, sie sahen genauso scheußlich aus wie das Essen auf Pennys Teller. Die Tomatensoße hatte eine neonrote Farbe, und die Nudeln erinnerten an dicke, fette Würmer. Penny musste kichern.

»Alles gut?«

»Hm?«

»Was ist so lustig?«

Es war voll in der Kantine der Redaktion, um die Zeit gingen die meisten zum Mittagessen. Penny fand, dass sie ulkig ausschauten, wie sie alle zusammengequetscht an den Tischen saßen und mampften, wie eine Masse eifriger Lemminge, bereit, sich für ihren großen

Arbeitgeber von der Klippe zu stürzen. Zum Totlachen. Sie kicherte schon wieder.

»Hab ich irgendwas falsch gemacht?« Flos Tonfall klang leicht beleidigt, seine Wangen färbten sich hektisch rot.

Gott, diese Praktikanten, sie waren immer so schnell beleidigt.

»Alles gut, du kleiner Flo.« Penny grinste und klopfte ihm mütterlich auf die Schulter.

Er sah sie irritiert an.

»Hast du eigentlich den Artikel über das Hundebaby schon fertig? Tom hat die Aufnahmen an die Bildredaktion geschickt, ich persönlich finde das mit dem dicken Bauarbeiter am besten, das, auf dem er die Kleine – apropos, die oder der Kleine? – so neben sein Gesicht hält. Sie sehen sich richtig ähnlich, findest du nicht?« Sie kicherte wieder. »Jedenfalls macht sich das bestimmt gut auf Seite drei, ich werde mal mit Max drüber sprechen, wenn du den Artikel gut machst, kriegst du vielleicht morgen wieder Seite drei. Ich hätte nichts dagegen, es sei denn, du willst lieber mal bei Sport reingucken, aber das ist deine Sache ...«

Die Worte sprudelten nur so aus ihr hervor, sie hatte so viele brillante Ideen im Kopf, und eine nach der anderen wollte raus. Meine Güte, warum hatte der Tag nur vierundzwanzig Stunden? Wenn sie endlich mal hier am Drücker wäre, würde sie aus dieser Zeitung etwas ganz Großes machen, etwas Geniales, etwas nie Dagewesenes ... Sie merkte, dass Tom und Flo sie anstarrten, natürlich, sie konnten ihr nicht folgen mit ihren Schafsköpfen. Ruhig, Penny, ruhig ...

»Alles in Ordnung mit dir?« Tom sah sie befremdet an. »Zu viel Kaffee?«

Penny atmete tief durch und zwang sich, langsam zu sprechen. »Alles gut, ich denke nur laut vor mich hin.«

»Hm.« Tom spießte mit der Gabel eine Portion Hackbraten auf und betrachtete ihn argwöhnisch, bevor er ihn vorsichtig in den Mund steckte.

»Gibt's was Neues von der Leiche?« Flo schluckte einen Bissen von seinen Nudeln herunter und spülte ihn mit einem großen Schluck Orangenlimonade herunter.

»Noch nicht.« Penny schüttelte den Kopf, was ein leises Summen in ihren Ohren verursachte. »Ich hab mit der Mutter von unserer Prostituierten gesprochen, sie hat am Telefon die ganze Zeit nur geheult und immer wieder von ihrem ›guten Mädchen‹ gesprochen. Scheint so, als wäre Cheryl nach dem Tod ihres Mannes in finanzielle Not und dann auf die schiefe Bahn geraten. Ihre Tochter wohnt jetzt bei der Oma, Gott sei Dank kann sie die Kleine aufnehmen.«

»Kriegst du ein Interview?«

»Keine Chance, Flo. Die arme Frau war völlig außer sich, sie will nicht in die Presse, vor allem nicht wegen der Kleinen. Es soll nicht jeder wissen, dass ihre Mutter ihren Körper verkauft hat.«

»Verständlich.« Tom kaute mit vollem Mund.

Penny konnte den Nudelbrei sehen, den er zwischen seinen großen weißen Zähnen zermalmte.

Plötzlich wurde ihr übel. Sie spürte, wie ihr der unverdaute Hackbrei die Speiseröhre hinaufschoss. Sie sprang auf, warf dabei ihren Stuhl um und rannte Richtung Toiletten, die Hand auf den Mund gepresst. Nur nicht auf den Boden kotzen, dachte sie, reiß dich zusammen. Beim Laufen registrierte sie die erstaunten Blicke, die ihr folgten. Ihre Augen spielten ihr dabei einen Streich, die Farben und Formen zogen lange Schlieren, die sie verfolgten wie klebrige, zähe Fäden, und sie sah, wie sich der Boden bedrohlich näherte.

Als sie die Tür des Toilettenraums aufstieß, spürte sie, wie die Übelkeit nachließ. Sie stützte sich mit beiden Händen schwer atmend auf dem Waschbeckenrand ab und hob den Kopf, um ihr Spiegelbild zu betrachten. Sie war blass, ihre Wangenknochen zeichneten sich scharf ab, und ihre grünen Augen glitzerten so, als flackerte der Wahnsinn dahinter. Keine Sorge, Penny, du hast alles im Griff. Keine Panik. Schlagartig war die Übelkeit verflogen, und eine große Welle von Euphorie rollte durch ihren Körper.

Sie war wieder da! Penny fühlte sich lebendig bis in die Zehenspitzen, jede ihrer Zellen jauchzte vor Kraft und Energie. Sie fühlte sich so verdammt lebendig wie seit Monaten nicht mehr, dafür nahm sie die kleinen Übelkeitsattacken gerne in Kauf. Durchatmen, Penny. Durchatmen!

Sie drehte den Wasserhahn auf und warf sich eine große Ladung Wasser ins Gesicht, es fühlte sich kühl und belebend an. Sie zog ein Papiertuch aus dem Handtuchhalter und trocknete sich das heiße Gesicht damit ab, warf sich eine Kusshand im Spiegel zu und knallte die Tür des Waschraums hinter sich zu.

Kapitel 18

Es war so unerträglich kalt. Und der ganze Winter lag erst vor ihm. Trenk hasste diese Zeit. Die grelle Weihnachtsbeleuchtung in den Schaufenstern schien ihn zu verhöhnen. Manchmal kam ihm dieses Leben, das er mal gelebt hatte, vor wie ein Traum. War er wirklich einer von den Leuten gewesen, einer von denen, die sich im dicken Mantel, in Schal und Handschuhen aus Lammwolle eingemummelt durch das KaDeWe geschoben hatten, auf der Suche nach einem Weihnachtsgeschenk für die Lieben?

»Unfassbar«, murmelte er und nahm einen tiefen Schluck aus seiner Wodkaflasche.

Die Flüssigkeit rann warm und tröstend seine Kehle hinunter. Sie war noch halb voll, so lange lachte ihm noch das Glück zu, aber er spürte, dass er sich für heute Abend etwas zum Schlafen würde suchen müssen. Der Pappkarton unter seinem Hintern war zu dünn, um ihn gegen die Kälte zu schützen. Wahrscheinlich würde es darauf hinauslaufen, dass er sich zu den anderen Pennern in die U-Bahn legen musste. Er hasste das. Wie hieß es noch? Alt sind immer nur die anderen. Für Wolfgang Trenk hieß es, die echten Penner sind immer nur die anderen. Um ehrlich zu sein, verachtete er sie heute noch genauso wie damals, als er im Kamelhaarmantel und mit forschem Schritt an ihnen vorbeigegangen war, wenn sie ihm bettelnd ihre Pappbecher entgegenstreckt hatten. Und heute ertrug er sein eigenes Betteln nur, wenn er sternhagelvoll war.

Ein weiterer Schluck wärmte ihn von innen. Hoffentlich tauchten Penny oder Tom heute auf. Penny, sein Engel. Sein letztes Bindeglied zu der zivilisierten Welt, der er mal angehört hatte. Trenk konnte gar nicht sagen, was zuerst da gewesen war, sein Saufen, sodass Ulla es nicht mehr hatte aushalten können und ihn verlassen hatte, oder hatte er, weil sie ihn verlassen hatte, angefangen zu saufen?

Seine Erinnerung war nicht mehr die beste. Das jahrelange Trinken hatte seine Spuren hinterlassen. Wenn er sich in der Bahnhofsmission duschte, was hin und wieder vorkam, erkannte er seinen eigenen Körper kaum wieder. Die Haut, die in Falten an seinen Knochen herunterhing, die eingesunkene Brust und die großporige fahle Haut. Früher war er so stolz auf seine Muskeln gewesen. Auf dem Golfplatz hatte er nur kurzärmelige Hemden getragen, damit jeder seine Bräune bewundern konnte. Golfplatz! Wahnsinn! Das war so lange her, das war schon beinahe nicht mehr wahr.

Als er aus der Villa hatte ausziehen müssen, nach wochenlanger Trinkerei, als die Ratten angefangen hatten, durch sein Wohnzimmer zu huschen, als sich vor seiner Tür die ungeöffneten Briefe gestapelt und seine alten Freunde und Arbeitskollegen schon seit Langem aufgehört hatten, sich nach ihm zu erkundigen, geschweige denn anzurufen oder vor seiner Tür zu stehen, hatte er begriffen, dass dies das Ende der Fahnenstange war.

In der ersten Nacht auf der Straße stellte er sich auf ein Brückengeländer über der Spree, die Taschen seines Kamelhaarmantels gefüllt mit staubigen Ziegelsteinen von der Baustelle, und betete, er hätte die Kraft zu springen. Natürlich hatte er sie nicht. Er war ein Feigling gewesen, sein Leben lang. Nach einer Stunde hatte er sich auf eine Parkbank geschleppt und dort die ganze Nacht geheult.

Hin und wieder steckte Ulla ihm Geld zu. Sie war jetzt mit irgendeinem Kerl in Potsdam verheiratet, er hatte sie schon ewig nicht mehr gesehen. Doch er konnte es ihr nicht verübeln, er konnte sich ja selbst kaum im Spiegel anschauen.

Trenk nahm noch einen langen Schluck aus der Flasche. Er wusste, er würde haushalten müssen mit seinem Schnaps, damit er die Nacht auf der Straße aushielt, nur es war so kalt, so verdammt, verdammt kalt.

Kapitel 19

Dieser Klingelton machte sie verrückt. Sie konnte sich dumpf und dunkel daran erinnern, dass Irina, Herberts Irina, ihn an ihrem gemeinsamen Wodkaabend eingestellt hatte, und jedes Mal seitdem, wenn sie jemand anrief, ertönte die Melodie der *Sendung mit der Maus*. Aber sie war zu doof, um ihn zu ändern, sie bekam es einfach nicht hin.

Woher sie Klingeltöne verstellen könne, hatte sie Irina gefragt und sich kaputtgelacht bei der Vorstellung, wie die dickbusige Russin mit ihren langen pinken Strassfingernägeln den ganzen Tag nichts anderes tat, als Klingeltöne einzustellen. Sie war mittlerweile so blau, dass sie sich vor Lachen hätte ausschütten können.

»Kunden«, antwortete Irina, und Penny musste noch mehr lachen bei der Vorstellung, wie Irina in einem *Vodafone*-Shop hinter der Theke saß und Mobilfunkkunden bediente.

»Kunden?«, prustete sie und verschüttete dabei etwas Wodka.

»Vietnamesen«, hatte Irina gesagt und ihr Glas in einem Zug geleert. »Gute Telefonkunden. Kaufen alles, fragen nicht, woher Telefon kommt, ich immer einstellen von Telefonen.« Sie hatte sich mit dem langen Fingernagel an die Stirn getippt. »Zu Hause in Russland wir alle haben dafür gearbeitet, gutes Geld. Ich schlauer Kopf, gut für Technik.«

Penny war die Szene wieder eingefallen, als sie versucht hatte, den Ton zum hundertsten Mal zu ändern. Sie konnte sich noch an Herberts erschrockenen Gesichtsausdruck erinnern, doch es war ihr völlig egal. Sollte seine Irina von ihr aus die Handys vom Lastwagen klauen, sie hatte andere Sorgen.

Penny griff sich die Mineralwasserflasche, die vor ihr auf dem Tisch stand, und trank in langen gierigen Schlucken. Sie war so furchtbar durstig, das war eine der Nebenwirkungen, wenn sie die Medikamente herunterdosierte. Insgeheim freute sie sich darüber, es war ein Anzeichen dafür, dass sich ihr Körper schon ein wenig entwöhnte.

Das Telefon sang wieder fröhlich und enervierend.

»Kalunke.«

»Ähm.« Ein Hüsteln am anderen Ende der Leitung.

»Hallo?«

»Hallo, ähm, hier spricht Nick Zwieback.«

»Nick, wie bitte?« Penny dachte, sie hätte sich verhört.

»Nick Zwieback. Sie, ähm, Sie haben mir Ihre Karte gegeben.«

»Ich hab was?«

»Sie haben mir Ihre Visitenkarte gegeben. Verteilen Sie sie immer so großzügig, dass Sie sich nicht erinnern können?«

Jetzt klang die Stimme auf einmal nicht mehr schüchtern, sondern belustigt. Penny warf einen Blick auf die Uhr, die an der Wand der Redaktion hing. Sie selbst trug nie eine Armbanduhr, sie hatte nicht immer Lust zu wissen, ob sie zu früh oder zu spät für irgendetwas dran war, und irgendjemand hatte immer die Uhrzeit, spätestens ihr Handy. Es war fünf vor zwölf, und sie hatte mit dem Artikel über die Leiche nicht mal angefangen. Sie hatte wirklich keine Zeit und war kurz davor aufzulegen, aber irgendwie kam ihr die Stimme bekannt vor. Außerdem, das musste sie zugeben, hörte er sich nett an.

»Ich hab keine Ahnung, wovon Sie reden, und ich hab auch keine Zeit für so einen Firlefanz. Sagen Sie, was Sie wollen, oder ich leg auf.«

»Ich bin der Polizist aus der Friedrichstraße, wo wir die Leiche gefunden haben. Sie haben mir Löcher in den Bauch gefragt, und dann haben Sie mir Ihre Karte gegeben.«

Ach ja! Penny erinnerte sich dunkel an ein nettes, offenes Gesicht, ein paar Sommersprossen und ein breites Lächeln. Er klang nicht nur nett, er hatte auch nett ausgesehen.

»Stimmt«, sagte sie spitz. »Ich bin Journalistin, die machen das so.«

»Ja. Und jetzt rufe ich Sie an.«

»Das merke ich.«

Es war Stille am anderen Ende der Leitung. Penny runzelte die Stirn und starrte auf den Kugelschreiber, den sie in der Hand hielt und mit dem sie gerade Notizen für den Artikel hatte machen wollen.

»Ist das Ihr richtiger Name?«, fragte sie schließlich.

»Zwieback? Ich fürchte, ja.«

»Das tut mir leid.«

»Danke.« Er klang wieder belustigt.

»Haben Sie denn etwas für mich, Herr Zwieback?«

»Nun«, er hüstelte wieder, »ich hab Ihren letzten Artikel gelesen.«

»Das tun viele Leute.«

»Ja, und als ich ihn gelesen habe, musste ich wieder an unsere Begegnung denken. Na ja, und da dachte ich, ich ruf Sie mal an.«

Tickte er nicht ganz richtig?

»Ach, das dachten Sie also.«

»Würden Sie mit mir essen gehen?«

»Wie bitte?« Penny war so verdattert, dass sie das falsche Ende des Kulis in den Mund steckte und darauf herumkaute, er schmeckte scheußlich.

»Wir können auch nur was trinken gehen, wenn Ihnen das lieber ist!«

»Ach.«

Was redest du denn da, Penny?, dachte sie, bist du bescheuert? Ihr letztes Date war schon eine Weile her und ihre letzte ernsthafte Beziehung erst recht. Sie war wohl etwas aus der Übung.

»Ist das ein Ja?«

»Wie?«

»Ob das ein Ja ist?«

»Ähm.«

Warum nicht?, dachte sie.

»Jaja, okay, bis dann.« Sie legte auf und wusste, dass etwas nicht stimmte, aber nicht genau, was.

Das Telefon sang wieder.

»Kalunke.«

»Soll ich Ihnen noch sagen, wann und wo?«

Das war es gewesen!

»Ähm, ach ja.« Penny spürte, wie ein albernes Gackern in ihr hochstieg und ihre Wangen knallrot und heiß wurden. »Natürlich«, kicherte sie, und ihre Stimme quietschte dabei.

»Morgen Abend um acht im Café *Einstein*? Passt das?«

»Ja, okay.«

»Dann bis dahin, ich freu mich.«

»Ja, okay.« Sie legte wieder auf.

»Du hast Kuli am Mund.« Emma sah sie neugierig an. »Alles in Ordnung?«

»Ja, alles in Ordnung.« Penny musste erst kichern und dann laut lachen. Sie hatte ein Date! Einfach so! Die Lampe über ihrem Schreibtisch schimmerte in einem irrisierenden Licht, sie musste die Augen schließen, weil es sie so blendete.

»Warum lachst du?« Emma starrte sie misstrauisch an.

Penny wusste, sie musste sich zusammenreißen, aber plötzlich lagen die Dinge so klar vor ihr! Das war das, was mit ihr passierte! Sie hatte ein Date, und vielleicht würde sie sich in diesen Polizisten verlieben, und dann würde sie diesen Fall lösen, und vielleicht, wer weiß, winkte ihr noch einmal ein Preis! Oder besser, sie würde die Karriereleiter in der Redaktion hochklettern und Max' Platz einnehmen, und dann würde sie genug Geld verdienen, um sich eine schicke Villa in Grunewald zu leisten. Und dort würde sie mit Herrn Zwieback wohnen und viele kleine sommersprossige Kinder kriegen und rundum glücklich sein! Warum war sie darauf nicht schon viel früher gekommen?

Ihr Telefon am Platz klingelte.

»Kalunke«, sang sie in den Hörer und zwinkerte Emma zu, die sie mit zusammengezogenen Brauen betrachtete.

»Ich bin's«, sagte Nora.

Kapitel 20

Der Rausch war sofort verflogen, ihr war nur noch ein wenig übel, und ihr tat der Schädel weh. Doch Penny wusste, dass ihr Kopf funktionierte wie eine Maschine, wie eine rasend schnelle, geölte Maschine.

»Ich hab was«, sagte Nora am Telefon.

Penny spürte, wie ihr das Adrenalin in die Blutbahnen schoss, diese köstliche Droge, nach der sie so süchtig war.

»Du meinst, wir können den Zettel drucken, den ihr bei Cheryl gefunden habt?« Das wäre wunderbar, dann hätte sie einen perfekten Aufhänger für ihren Artikel. Sicher gab die Polizei diese Information nur aus einem einzigen Grund preis – weil jemand die Handschrift erkennen und sie so zum Täter führen könnte.

»Ja, das auch«, sagte Nora ungeduldig und senkte die Stimme zu einem Flüstern, sodass Penny sie kaum noch verstehen konnte. »Aber das ist nicht alles.«

»Das ist nicht alles? Wie meinst du das?«

»In einer halben Stunde bekommen wir eine neue Leiche runter, wieder eine junge Frau, und mir hat ein Vögelchen gesungen, dass die Kollegen von der Mordkommission wieder einen Zettel bei ihr gefunden haben.«

»Ist nicht dein Ernst!« Alles um Penny drehte sich, und sie musste sich an der Tischkante festhalten, ihr war rasend schwindelig.

»Hör zu, ich muss jetzt auflegen. Versprich mir hoch und heilig, von mir hast du das nicht!«

»Versprochen, Indianerehrenwort! Ich revanchier mich, sobald ich kann!«

Doch Nora hatte schon aufgelegt.

»Was ist los?« Emma sah sie über ihren Doppelschreibtisch hinweg an und wischte sich einen Rest Schokoladenlasur von ihrem Donut aus dem Mundwinkel.

Pennys Kollegin sah wieder ein klein wenig aus wie Miss Marple, in ihrem hellrosa Angorapullover, mit den roten Wangen und den wippenden Locken. Miss Marple in jung und hübsch, versteht sich.

»Der Beginn einer Serie«, sagte Penny und knabberte an ihrem Daumennagel, von dem schon wieder der schwarze Nagellack abblätterte, den sie sich offensichtlich gestern frisch über den blauen lackierte hatte, auch wenn sie sich nicht daran erinnern konnte. »Ich glaube, wir haben eine Serie.«

»Wie kommst du darauf?« Zwischen Emmas Brauen bildete sich eine steile Falte.

So süß, proper und adrett sie aussah, durfte man sich von ihrem Äußeren nicht täuschen lassen. Hinter der glatten Stirn und den sorgfältig gezupften Augenbrauen saß ein messerscharfer Verstand. Nach Pennys großem Erfolg, ihrer Reportage über Missbrauch an einer Berliner Schule und dem Medienpreis, den sie daraufhin abgeräumt hatte, hatte sie sich in der Redaktion eine Kollegin an ihre Seite wünschen dürfen, mit der sie eng zusammenarbeiten durfte. Ihre Wahl war, ohne zu zögern, auf Emma gefallen. Mit der jungen Mutter konnte man nicht nur vorzüglich Essen gehen und Tequilas vernichten, sie war eine pedantische und gewissenhaft recherchierende Journalistin und begegnete Menschen jeder Art und Couleur furchtlos wie eine Löwin. Sie presste mit ihrem Charme das letzte Tröpfchen an Information aus jeder noch so trockenen Zitrone.

»Nora war dran.«

»Ach nee. Und?«

»Sie sagte, gleich komme eine weitere Leiche, und es sehe so aus, als hätte sie wieder einen Zettel bei sich.«

Emmas große blaue Augen fingen an zu leuchten. »Interessant, interessant«, murmelte sie, fischte einen Donut mit Zuckerstreuseln aus der Packung, die vor ihr auf dem Schreibtisch stand, und hielt ihn fragend in die Höhe.

»Nein, danke.« Penny winkte ab und bearbeitete weiter ihren Daumennagel. »Ich fahre gleich hin und nehme Tom mit.« Sie sprang auf und schnappte sich ihren Parka.

»Alles klar.« Emma biss herzhaft in den Donut und kaute emsig. »Ich telefonier die Polizei ab und guck, ob ich irgendwas rauskriegen kann.« Sie schluckte den Rest herunter. »Hat Nora die erste Leiche freigegeben?«

»Ja, und der Zettel darf auch veröffentlicht werden. Du kannst in meinem Folder nachgucken, ich hab den Artikel schon angefangen. Schreib ihn zu Ende und zeig ihn Max, damit er drüberschaut. Tom hat die Fotos längst in die Bildredaktion runtergeschickt, such dir ein passendes Foto raus, und dann schnell, schnell raus mit dem Zeug in den Druck.«

»Gut.« Emma wischte sich die Finger an einem Papiertaschentuch ab und tippte ihre Computermaus an.

»Ach, Penny, warte! Hier ist noch was für dich gekommen.«

Sie ließ sich wieder auf ihren Bürostuhl fallen, der protestierend quietschte, und streckte die Hand nach dem Brief aus, mit dem Emma herumwedelte. »Was denn? Heiratsantrag? Morddrohung?«

»Woher soll ich das wissen?« Emma sah sie entrüstet an. »Glaubst du etwa, ich würde deine Post lesen?«

Penny musste grinsen. Emma war der wahrscheinlich neugierigste Mensch, dem sie jemals in ihrem Leben begegnet war, auch wenn sie das weit von sich wies, doch das war eine ihrer Eigenschaften, die sie in Pennys Augen so liebenswert und menschlich machte.

»Gib schon her.«

Die Adresse auf dem Kuvert war mit der Maschine geschrieben, aber offensichtlich nicht mit dem Computer, sondern mit einer echten, alten Schreibmaschine. Wer benutzte heutzutage noch so ein Ding? Penny drehte den Umschlag um, auf der Rückseite stand kein Absender.

»Seltsam, oder?« Emmas Augen flackerten begierig.

»Ach, ich mach ihn später auf.«

Emma schaute sie entgeistert an und verzog dann das Knutschmündchen zu einer beleidigten Schnute, als Penny in schallendes Gelächter ausbrach.

»Na, du hast ja blendende Laune heute Morgen«, murmelte Emma beleidigt.

»Schon gut, ich guck ja nach.«

Das Papier des Umschlags war fest und ließ sich schlecht aufreißen. Das weiße DIN-A-4-Blatt, das zum Vorschein kam, schien aus dem gleichen dicken Papier zu sein, es sah alt und teuer aus und war an den Rändern leicht vergilbt, als hätte es jahrelang in einer dunklen Schublade gelegen.

»So ein Briefpapier hat meine Oma auch«, sagte Emma.

Der Text war ebenfalls mit Schreibmaschine getippt, und als Penny ihn gelesen hatte, hatte sie das Gefühl, als hätte sich ihr Magen nach oben gestülpt, und sie konnte auf einmal schlechter atmen.

»Was ist es, nun sag schon!«

»Na ja.« Penny sah sie ratlos an und zuckte mit den Schultern. »Das muss ich Max zeigen. Keine Ahnung, ob es echt ist, aber es sieht so aus, als hätte ich persönlich Post von unserem Mörder bekommen.«

Kapitel 21

Max wusste nicht, was er davon halten sollte. Es kam hin und wieder vor, dass Verrückte ihnen Briefe schrieben. Er hatte schon Bombendrohungen gekriegt. Das war besonders lästig, weil das gesamte Bürogebäude evakuiert werden musste und es Stunden dauerte, bis die ganze Maschinerie wieder in Gang kam. Max stellte sich die Verfasser dann immer vor, wie sie, hinter einer Hausecke versteckt, das Szenario beobachteten und sich dabei heimlich ins Fäustchen lachten.

Das hier war jedoch anders. Das roch nach Ärger.

Liebe Frau Kalunke.

Der Brief war von Hand geschrieben. Welcher Verrückte tat so was? In jedem *Tatort* lernte man doch, dass es Spezialisten gab, die Handschriften identifizieren konnten. Oder war der Verfasser so verrückt, dass er sich darüber keine Sorgen machte? Hielt er sich für so schlau, dass er keine Angst hatte, gefasst zu werden? Oder war es nur ein durchgedrehter Trittbrettfahrer? Allerdings enthielt der Brief einen Satz, der Max das ungute Gefühl gab, sie hätten es mit dem tatsächlichen Täter zu tun.

Ich bin ein großer Fan Ihrer Kunst. Im Gegensatz zu Ihren Schmierfinkkollegen können Sie tatsächlich schreiben. Es ist eine Wohltat, Ihre Artikel zu lesen, aber was mich am meisten bewegt hat, ist Ihr unerschrockener Einsatz gegen das Schlechte in dieser Welt. Überall, jetzt sogar, in diesem Moment, werden unschuldige Kinder gequält und tyrannisiert. Klein und wehrlos, wie sie sind, haben sie niemanden, der für sie spricht, und daher, inspiriert von Ihrem Einsatz an der Berliner Schule, wo sie diesen Verbrechern das Handwerk gelegt haben, habe ich beschlossen, dass ich ab heute Ihre Stimme sein werde.

Die Nutte, das verantwortungslose, elende Miststück, wissen Sie, wie viele Stunden sie ihre Tochter allein gelassen hat? Nun, ich weiß es. Ich beobachte, ich bin ein guter Beobachter, und jetzt ist das arme kleine Ding in Sicherheit. Nie mehr wird diese gottlose Person sie in ihre kranke Welt hineinziehen können. Dafür habe ich gesorgt, jawohl.

Ich muss zugeben, dass ich recht angetan bin von meinen Erfolgen ... Erfolgen! Ja, genau! Dabei werde ich es nicht belassen, um ehrlich zu sein, ich habe es bereits wieder getan. Sie werden sehen, Penny, ich habe eine außerordentlich gute Wahl getroffen.

Wieder ist ein Kind mehr in Sicherheit, und ich spüre, dass Sie auf meiner Seite sind. Ich weiß ein wenig über Sie, Penny. Nicht nur das Übliche, das über Sie in den Zeitungen zu lesen war, nein, ich habe in Ihre Seele geschaut – wie hat es sich angefühlt, als Ihre Mutter Sie verlassen hat. Ich weiß genau, was Sie durchgemacht haben. Man soll seine Eltern ehren, das hat schon in der Bibel gestanden, doch wie hätte ich meine Mutter ehren sollen, diese seelenlose Schlampe? Und wie hätten Sie Ihre Mutter ehren sollen, die ein kleines Mädchen, ja, Sie waren damals noch ein Kind,

allein zurückgelassen hat, dem saufenden Vater ausgeliefert, hilflos und allein. Ich weiß, wir beide verstehen einander, und ich werde nicht ruhen, bis sie mich finden.
Ich werde versuchen, so viele Kinder wie irgendwie möglich zu retten, und ich habe eine große Bitte an Sie, Penny. Würden Sie mir die Ehre erweisen und über mich berichten?
Nur aus Ihrer Feder wird mir die Würdigung zuteil, die mir zweifelsohne zusteht. Lassen Sie die Polizei wissen, sie werden es bitter bereuen, sollten Sie meiner Bitte nicht folgen, sie werden mich niemals kriegen. Auch wenn ich ihnen meine Briefe wie Brotkrumen hinwerfe, werden sie sich die Zähne daran ausbeißen. Aber sie sollen sich sicher sein, dass ich es bin, nach dem sie suchen. Ich denke, ich habe schon ein wenig von meiner Kunst gezeigt ...
Ein ergebener, treuer und ewiger Fan

Max schloss die Augen, lehnte sich zurück und spürte, dass ihm übel wurde. Das hier war ernst. Es war ernster als ernst, seine Hoffnung, dass der Brief von einem gelangweilten oder sensationslüsternen Trittbrettfahrer verfasst worden war, hatte sich zerschlagen. Er hatte von der Nachricht gewusst, die die Polizei bei der Leiche gefunden hatte und dass sie sie erst in der Morgenausgabe veröffentlichen würden. Entweder es war ein Insider bei der Polizei, oder es war tatsächlich der Mörder.

Und warum musste er Penny mit hineinziehen? Hatte sie es nicht schon schwer genug? Sie wirkte eh so instabil, für Max' Geschmack viel zu wackelig auf den Beinen, und sie hatte schon wieder dieses Flackern in den Augen, dieses gefährliche Flackern, das sie immer bekam, wenn sie ihre Medikamente nicht nahm. Und wie das ausgehen konnte, hatte er schon erleben müssen. Seine Gebete, die bipolare Störung von Paula würde an ihrer Tochter vorübergehen wie ein giftiger Kelch, waren nicht erhört worden. Sie wurden an dem wunderschönen, sonnigen Morgen im Mai vor zwei Jahren endgültig zunichte gemacht.

Der Journalistenpreis hatte ihr zugesetzt. So jung, so viel Ruhm, alle Scheinwerfer auf sie gerichtet. Wäre da nicht jeder durchgedreht? So und ähnlich belog er sich selbst, als die Anzeichen von Pennys Krankheit zunahmen und er es nicht sehen wollte. Max hatte keine eigenen Kinder, und nachdem sich immer mehr abgezeichnet hatte, dass es so bleiben würde, richtete er all seine Liebe, seine Wärme und seinen Wunsch nach einem leiblichen Kind auf Penny. Und er konnte sie nicht ertragen, die Anzeichen, dieses schmerzhafte Déjà-vu. Ihre Stimme, die immer schneller und hastiger wurde, wenn sie ihm ihre Geschichten erzählte, wenn sie sich dabei in ausschweifenden Tagträumen und Fantasien verlor. Sie wurde tagtäglich dünner, man konnte förmlich durch sie hindurchsehen, ihre knappen Jeans schlotterten an ihren Oberschenkeln, ihre Augen glänzten fiebrig.

All das kannte er. All das hatte er bei seiner Freundin Paula schon erlebt, und als Penny an diesem Maimorgen nicht zur Arbeit erschien und er sie in ihrer Wohnung fand, nackt bis auf die Unterhose, die Wände von oben bis unten beklebt mit mysteriösen Schriften und Zeichen, und als sie ihm morgens um halb acht Schokoladenkuchen mit Spiegelei anbot, um mit ihm zu feiern, dass sie das größte Rätsel der Menschheit unwiderruflich und für immer geknackt hatte, da musste er einsehen, dass über seiner kleinen, geliebten Penny das gleiche Damoklesschwert hing wie über seiner alten Freundin.

Er packte sie und brachte sie in die Notaufnahme der Charité, Penny war so wütend auf ihn, dass sie vier Monate kein Wort mit ihm sprach. Nach weiteren zwei Monaten stand sie bei ihm vor der Tür. Medikamentös gut eingestellt, bedankte sie sich bei ihm und bat ihn darum, weiter für ihn arbeiten zu dürfen. Niemals hätte Max dazu Nein sagen können, aber das war nicht das, was er ihr sagte. Was er ihr sagte, war, dass sie unter einer einzigen Bedingung würde zurückkommen können. Sie würde ihre Medikamente nehmen, regelmäßig zur Therapie gehen, Sport treiben und sich nicht beschweren, wenn er ihr diesbezüglich auf den Zahn fühlen würde. Sie hatte eingewilligt.

Bis jetzt war alles gut verlaufen, doch seit ein paar Tagen hatte sich etwas verändert, ohne dass Max genau sagen konnte, was es war, irgendetwas war anders. Und das hier, diese Mordserie und dieser Brief waren so ziemlich das Letzte, was Penny im Moment gut gebrauchen konnte.

Max seufzte tief. Dann drückte er auf den Knopf der Telefonanlage. »Petra?«

»Ja, Max?«

»Stell mich bitte zum Polizeipräsidium durch. Kriminalhauptkommissar Pfeiffer, Mordkommission.«

Kapitel 22

»Können wir nicht zur Abwechslung mal ein gefundenes Katzenbaby fotografieren?«

Tom nestelte am Objektiv seiner Kamera herum und probierte, die richtige Brennweite einzustellen.

»In der Mordkommission eher unwahrscheinlich«, murmelte Penny.

Sie fühlte sich noch immer benommen von dem bizarren Brief, doch sie hatte kaum Zeit gehabt, darüber nachzudenken. Zum Glück hatte Emma den Artikel, den sie eigentlich hatte schreiben wollen, fertig, und er konnte in die Schlussredaktion gehen. Sie hatte noch gar nicht mit Max über den Brief sprechen können, er hatte versucht, sie auf dem Handy zu erreichen, aber Penny hatte gerade das Gefühl, sie müsste ihre Gedankenströme, die bunt, wild und farbig durch ihren Kopf flossen, in die richtige Richtung lenken. Auf die Punkte, auf die sie sich im Moment konzentrieren musste, und das war jetzt erst einmal der Besuch in der Rechtsmedizin, Max musste eben einen Augenblick warten.

»Tja, vielleicht hab ich mir den falschen Job gesucht.«

»Lass dich halt in die Klatschredaktion versetzen.«

Sie arbeitete gerne mit Tom zusammen, auch wenn er etwas eigen war und ihr sein ewiges Gemäkel an beinahe allem manchmal auf den Wecker ging. Außerdem war er ein ziemlicher Einzelgänger, und sie hatte das

Gefühl, er mochte die wenigsten ihrer Kollegen, fotografierte allerdings unglaublich gut. Sie musste ihm nicht extra erklären, von welcher Seite sie das Motiv brauchte, er hatte ein Gespür für Details und vor allem dafür, was sie haben wollte. Und sie fand es angenehm, dass er nicht viel redete.

Sie wusste, dass er schwul war, sie hatte ihn an einem Abend vor *Toms Bar* in der Motzstraße stehen sehen, einem bekannten Schwulentreffpunkt. Er wusste nichts davon, und sie hatte es nie angesprochen. Es war ihr egal, wen er vögelte, solange er gute Bilder machte. Warum sollte sie ihn damit konfrontieren, wenn's ihm offensichtlich unangenehm war?

»Ja, ich weiß. Du hast ja recht.« Er seufzte laut. »Aber diese ewigen Leichen, hängt dir das nicht manchmal zum Hals raus?«

»Hm.« Penny war damit beschäftigt, einem Lieferwagen auszuweichen, der ihnen entgegenkam, um dann mit quietschenden Reifen auf der entgegengesetzten Spur, das sich gerade schließende Tor nutzend, in den Innenhof der Rechtsmedizin einzubiegen.

»Wenn du nicht vorsichtiger fährst, können wir uns hier gleich in den Keller dazulegen«, beschwerte sich Tom und hielt sich krampfhaft am Armaturenbrett von Pennys altem Golf fest, von dem sich ein alter Rolling-Stones-Aufkleber abrollte.

»Stell dich nicht so an, du Diva. Fühl dich frei und nimm die Öffentlichen.«

»Oh, so empfindlich heute?« Tom schwang die Beine aus dem kleinen Auto. »Ich werde nie wieder einen Ton sagen.«

»Klappe.«

Penny schulterte ihre Tasche und zog sich ihren grob gestrickten grauen Schal fester um den Hals. Ein eisiger Wind pfiff um das hohe rote Gebäude, in dem die Rechtsmedizin untergebracht war. Immer wenn Penny hier war, fröstelte es sie. Selbst im Hochsommer fiel kaum ein Sonnenstrahl in den hohen Innenhof, und zu dieser Jahreszeit war es der wahrscheinlich trostloseste Ort in ganz Berlin, und das sollte etwas heißen.

»Wir müssen hier warten, bis Nora uns reinlässt, besser, uns sieht niemand.«

Penny angelte eine Zigarette aus der Armeejacke und hielt Tom die Packung hin. Natürlich würde er keine nehmen, sein Sportfanatismus grenzte schon an Irrsinn. Das, gemischt mit seinem Ökoterrorismus, machte ihn zu einem zwar sympathischen, aber teilweise unerträglich altklugen Weltverbesserer. Dazu passte seine schlaksige Figur und sein asketisches Gesicht, kein Wunder dass man so eingefallen war, wenn man nur Karotten und Haferflocken futterte.

»Rauchen ist ungesund«, sagte er.

»Ach nee, und das aus deinem Mund, so kenn ich dich gar nicht.«

Penny beugte sich vor und hielt eine Hand um die Flamme, damit der Wind sie nicht ausblies, nahm einen tiefen Zug und lehnte den Kopf an die Wand neben dem Eingang.

»Herrlich«, murmelte sie.

»Herrlich tödlich.«

Penny verdrehte die Augen und nahm einen weiteren Zug. Wenigstens die Vorträge über Umweltverschmutzung hatte sie eindämmen können, indem sie Tom angedroht hatte, dass er die Hälfte seines Arbeitstags in

der S- und U-Bahn von Berlin zubringen würde, sollte
er jedoch einmal zu spät zu einem Termin kommen,
würde sie ihm das Leben zur Hölle machen.

Im Sommer fuhr er sowieso Rad, doch im Winter
hatte er aufgegeben und machte von ihrem VW Ge-
brauch, die Zuverlässigkeit der Berliner *BVG* war selbst
ihm unheimlich. Und so tuckerten sie beim ersten
Schneefall gemeinsam in ihrem Golf durch die Stadt.

»Sie müsste mir gleich eine SMS schicken«, sagte
Penny und griff nach ihrem Handy, das in diesem Moment anfing zu klingeln.

»Ist sie das?« Tom schlang die Arme um seinen dünnen Oberkörper und klapperte mit den Zähnen.

»Kalunke.« Ihre Brauen zogen sich zusammen, und
sie begann, am Daumennagel zu kauen. »Natürlich hab
ich ihn gelesen, ich hab ihn dir schließlich gegeben.« Sie
knabberte weiter und war plötzlich besorgt. »Du
machst Witze! Jetzt?«

»Was ist los?«, zischte Tom, aber Penny winkte nur
ungeduldig ab.

»Und was ist mit dem Termin bei Nora? Sollen wir
den wirklich sausen lassen?«

Sie schenkte ihm einen wütenden Blick. »Okay, alles
klar, ist ja gut, ich bin schon auf dem Weg.« Sie legte auf
und stopfte ihr Handy umständlich in ihre Jackentasche. »Du musst allein zu Nora.«

»Was?« Tom sah sie entgeistert an. »Ich bin Fotograf,
wie du weißt, und mitgekommen, um ein eventuelles
Zettelchen zu fotografieren, das bei einer eventuellen
Leiche gefunden worden sein soll. Du bist diejenige, die
Fragen stellt und die Geschichten dazu zusammenbas-
telt.«

»Papperlapapp.« Penny war schon auf dem Weg zu ihrem Wagen. »Du warst tausendmal dabei. Du kannst das.«

Tom blieb mit hängenden Armen stehen, der Wind wehte ihm die blonden Haarsträhnen in die hohe Stirn.

»Aha, und darf ich fragen, wohin du es so eilig hast?«, rief er ihr hinterher.

»Ich bin einbestellt worden«, rief Penny aus dem geöffneten Autofenster zurück. »Ins Polizeipräsidium.«

Kapitel 23

Penny war stinksauer. Für wen hielt er sich, dieser Kriminalhauptkommissar Pfeiffer? Und was für ein bescheuerter Name war das bitte?

Und wie lange würde er sie in diesem völlig überhitzten Zimmer noch warten lassen?

Draußen war es mittlerweile stockdunkel. Noch so eine Sache am Winter, die Penny verrückt machte. Nicht nur, dass es so saukalt war, diese ewige Dunkelheit machte sie kirre.

Emma hatte sich eine Lichttherapielampe gekauft. Die Strahlen wirkten im Winter an den Rezeptoren der Augen, um damit Depressionen zu mildern, die durch fehlendes Licht entstanden. Ihr Mann hatte sie für verrückt erklärt, und sie hatte das Ding mit in die Redaktion schleppen müssen. Da stand es jetzt und blendete Penny jedes Mal, wenn sie nur in Richtung von Emmas Schreibtisch sah.

Pfeiffer jedenfalls würde eine solche Lampe nicht brauchen. Das Zimmer war in den heimeligen Schein einer Bahnhofshalle getaucht und verursachte Kopfschmerzen. Sie hatte solchen Durst, dass sie kurz davor war, die Schneeflocken abzuschlecken, die außen an der Fensterscheibe herunterrutschten. Ansonsten hatte der Raum nicht viel von einem Amtszimmer. Überall standen gerahmte Fotos von einer aufgetakelten Blondine herum, auf dem Rücken eines Pferds, in einer Bar, immer eine andere, wie es aussah, und lauter »Stehrümchen«, wie ihr Vater es nannte.

Eine Kristallkugel als Briefbeschwerer, ein offensichtlich teures Schreibset und ein Lederstuhl. Edler Playboy, so in etwa würde Penny es einordnen, seit wann verdiente man als Angestellter des Öffentlichen Dienstes so gut? Und heiß war es hier drin, Herrgott.

Auch Max, der neben ihr saß, stand der Ärger ins Gesicht geschrieben.

»Mann, Mann, Mann«, murmelte er und trommelte mit den Fingern auf seinem Oberschenkel, als die Tür mit einem solchen Rums aufflog, dass sie beide zusammenzuckten.

In der ersten Sekunde, in der Penny Kriminalhauptkommissar Pfeiffer sah, wusste sie, dass sie ihn absolut nicht ausstehen konnte. Zugegeben, er sah fantastisch aus, abgesehen davon, dass er mindestens vierzig Zentimeter zu kurz war. Das typische Dilemma kleiner Männer war, dass man sie nicht ernst nahm, und dessen schien sich Pfeiffer bewusst zu sein. Sein Gesicht war ebenmäßig geschnitten, hatte einen gut gebräunten Teint, er hatte dichtes, dunkles Haar und große, kräftige Hände. Alles nicht schlecht, aber er war einfach zu winzig.

»Frau Kalunke?«, fragte er, streckte ihr die Hand entgegen, nicht ohne ihren abgewetzten Parka mit einem missbilligenden Blick zu streifen.

Sein Händedruck war wie ein Schraubstock, Penny war im Begriff, das Gesicht vor Schmerz zu verziehen, doch den Gefallen wollte sie ihm nicht tun. Sie ließ sich wieder in den Stuhl fallen und lächelte ihn breit an. Pfeiffer drückte Max die Hand, der ein leises Stöhnen nicht unterdrücken konnte, und lief dann mit abgehackten Schritten um seinen großen Schreibtisch herum und ließ sich dahinter auf seinem Stuhl nieder. Er beugte sich vor und faltete die Hände.

»Ich will keinen Hehl daraus machen, dass ich nicht gerne mit Zivilisten zusammenarbeite«, sagte er langsam und deutlich. »Und ganz besonders nicht mit Journalisten.«

»Soso«, erwiderte Max neben Penny, an dessen Stimme sie erkennen konnte, dass auch er immer wütender wurde.

»Das ist sehr interessant, Kriminalhauptkommissar Pfeiffer, aber ich wüsste nicht, in welcher Art und Weise Sie und wir zusammenarbeiten.«

»Nun, ›wir‹ ist in diesem Fall auch nicht ganz richtig«, sagte der Polizist und sah Penny prüfend an. »Genau genommen geht es hier nur um Frau Kalunke.«

Max atmete scharf aus.

»Was meinen Sie damit?«, fragte sie und bemerkte, dass die Kopfschmerzen stärker wurden.

Es lag am Aftershave von Pfeiffer. Wenigstens war ihre Psychiaterin Dr. Pruwe im Moment in Ferien. Ihr konnte sie nichts vormachen, die Frau hatte Röntgenaugen, das könnte Penny schwören, sie konnte durchs Telefon sehen, wenn etwas nicht stimmte. Sie war noch für drei Wochen weg, die Vertretung, Dr. Hoff, klang tröge und desinteressiert, wenn sie telefonierten. Klar, Penny meldete sich zweimal die Woche bei ihm, wie mit Dr. Pruwe und Max ausgemacht, doch er kannte sie ja nicht mal.

Kriminalhauptkommissar Pfeiffer musterte sie.

»Damit meine ich, dass der Brief, der heute in Ihrer Redaktion eingetroffen ist, an Sie adressiert ist, Frau Kalunke, sehe ich das richtig?«

»Ja. Natürlich.«

»Nun, wir haben uns den Brief angesehen und können Ihre Besorgnis nur bestätigen, Herr ...« Er blickte fragend zu Max.

»Wolters«, sagte der.

»Genau, Herr Wolters. Wir, vor allem meine ich damit unsere Spezialisten, sind der Meinung, dass der Brief echt ist.«

»Wirklich?« Penny spürte, wie die Worte in ihr nachhallten.

Wenn das tatsächlich so war, würde das bedeuten, dass sie die erste Ansprechpartnerin dieses Verrückten war, der da draußen herumlief und Frauen ermordete. Sie schämte sich einen Moment dafür, aber es fühlte sich ganz gut an.

»Das ist ja ein Ding.«, sagte sie und bemühte sich, nicht zu begeistert zu klingen.

»Ja«, wiederholte Pfeiffer gedehnt, »das ist ja ein Ding.« Er lehnte sich in seinem Stuhl zurück und spielte mit einem silbernen Brieföffner in Form einer Feder. »Wir werden jetzt Folgendes tun, und ich brauche wohl nicht extra zu erwähnen, dass das, was wir hier besprechen, unter absoluter Geheimhaltung steht.«

»Sie wissen, dass Sie hier mit Journalisten sprechen, oder?«, fragte Max, und sein gereizter Unterton war nicht mehr zu überhören.

»Und Sie wissen, dass Sie es hier mit einem Mordfall zu tun haben, Herr Wolters.«

Max schnaufte.

»Also, Frau Kalunke, wir werden es folgendermaßen machen: Sobald der Täter Sie kontaktiert, melden Sie sich bei mir. Und nur bei mir, haben Sie das verstanden?«

Penny nickte benommen. Sie spürte, wie heiße Glückswellen über sie hinwegspülten, sie war Teil von diesem Ganzen! Sie wurde gebraucht, sie war die Verbindung zwischen diesem Verrückten und der Polizei, dem langen Arm des Gesetzes, ohne sie, ohne Penny ging gar nichts!

»Logisch«, antwortete sie rasch, ein wenig zu laut und ein wenig zu engagiert.

»Das bedeutet, egal wie er Sie kontaktiert, sei es per Brief oder Mail, Sie rufen mich sofort an. Sie werden es noch nicht wissen, die junge Prostituierte ist jedoch nicht sein erstes Opfer gewesen, es gibt eine weitere Leiche. Es ist wieder eine junge Frau, und es ist wieder eine Nachricht bei ihr gefunden worden. Ich werde Ihnen eine Kopie zukommen lassen.«

Das wissen wir schon, wollte Penny rufen, aber sie biss sich gerade noch rechtzeitig auf die Unterlippe. Was war nur los mit ihr? Sie war so aufgeregt, es war so ein berauschendes Gefühl, hier zu sitzen, um ehrlich zu sein, es fühlte sich fantastisch an.

»Und dann möchte ich Sie um etwas Weiteres bitten, und bitte hören Sie mir ganz genau zu.« Er beugte sich vor, faltete erneut die Hände und blickte sie eindringlich an. »Der Täter ist ein Fan von Ihnen. Er scheint Sie zu kennen, überlegen Sie, überlegen Sie gut, ob Sie sich an irgendjemanden erinnern können, der Ihnen seltsam erschienen ist. Ganz egal, wo. Das kann beim Einkaufen gewesen sein, im Fitnessstudio ...«

»Ich gehe nicht ins Fitnessstudio«, platzte Penny heraus und bemerkte, dass Max sie erstaunt von der Seite ansah.

»Das war nur ein Beispiel.« Pfeiffer wischte ihre Bemerkung mit einer Handbewegung weg. »Sie können ihm im Schwimmbad begegnet sein oder beim Tennis oder«, sein Blick wanderte an ihr herauf und herunter und blieb an ihren schwarzen Fingernägeln und an dem Tattoo an ihrem linken Handgelenkt hängen, das einzig sichtbare, wenn sie Klamotten trug, »oder wo Sie halt sonst so hingehen, haben Sie das verstanden?«

»Moment mal.«

Max, schon wieder Max.

Penny fühlte sich von seinen ständigen Einwänden gestört, sie hatte alles unter Kontrolle, sie würde gute Arbeit leisten, sie würde dem Kriminalhauptkommissar den Täter servieren, je länger sie ihm zuhörte, desto sicherer wurde sie sich.

»Was springt denn für uns dabei heraus?«

Pfeiffer ließ seinen Blick über Max' rundliches Bärchengesicht wandern.

»Sie scheinen nicht zu verstehen, Herr Wolters«, sagte er schneidend. »Für Sie springt gar nichts heraus. Das ist kein Meeting, wir ermitteln in einem Mordfall, und Ihre junge Angestellte ist eventuell eine wichtige Zeugin. Der einzige Grund, warum Sie hier sind, ist der, dass wir Sie brauchen. Die Post läuft über Ihren Tisch, Sie lesen die Leserbriefe, und Sie sind Frau Kalunkes Chef. Sie sind jedoch ebenso verpflichtet, Stillschweigen zu bewahren, egal wem gegenüber, oder Sie kommen in ernste Schwierigkeiten, haben wir uns verstanden, oder muss ich es noch ausführlicher erklären?«

Für einen Augenblick herrschte Stille im Raum, nur das Knacken der Heizung war zu hören.

»Sagen Sie mal, schmelzen Sie hier drin nicht?«, brach Penny das Schweigen.

Sie konnte nicht anders und musste kichern. Die Vorstellung, wie sich der kleine Mann hier in seiner Sauna langsam, aber sicher auflöste und nur noch eine nach Aftershave stinkende Pfütze von ihm übrig blieb, war zu komisch.

»Wie bitte?« Pfeiffer sah sie verwirrt an.

Penny schüttelte mühsam den Kopf. Dabei gab es so viel, das sie ihm noch sagen wollte. Dass er sich völlig auf sie verlassen konnte, zum Beispiel, und was für eine schnelle und fixe Denkerin sie war, doch Max hielt sie davon ab.

»Wir haben genau verstanden, Kriminalhauptkommissar Pfeiffer«, sagte er mit einem kalten Unterton, und der Griff, mit dem er Pennys Oberarm umklammert hielt, bereitete ihr Schmerzen. »Haben Sie vielen Dank für Ihre Erläuterungen. Wir werden uns melden, sobald wir Neuigkeiten haben, egal welcher Art.«

Das Telefon klingelte auf Pfeiffers Schreibtisch. Er warf Penny und Max ein knappes Nicken zu und nahm den Hörer ab.

»Und du«, zischte Max Penny ins Ohr, als er sie unnachgiebig auf den Flur hinausbeförderte, »du kommst jetzt sofort mit mir.«

Kapitel 24

Als er die Tür aufmachte, erschlug ihn der Gestank regelrecht. Sie war so blass. Das Zimmer roch nach Krankheit und Tod. Er riss das Fenster auf, und eiskalte Luft strömte herein. Sie zuckte zusammen und stöhnte, Schweiß stand ihr auf der Stirn. Wie sehr er sie hasste. Wie er sie hasste und liebte gleichermaßen. War es eigentlich ein offenes Geheimnis, dass sich die beiden Gefühle ähnelten wie ein Ei dem anderen?

»Wo warst du?«

»Ich habe Essen mitgebracht.«

Sie öffnete ein Lid, und die durchschimmernde Haut schob sich wie Papier nach oben. »Ich hab keinen Hunger.«

Er legte ihr die Hand auf die Stirn, sie glühte. »Du musst was essen.«

»Ich hab keinen Hunger, verschwinde!« Sie schlug seine Hand weg und drehte den Kopf zur Seite.

Das Haar klebte in dünnen, verschwitzten Strähnen an ihrer Schläfe. Er würde sie heute Abend baden. Sie würden die Wanne mit duftendem Schaum einlaufen lassen, und er würde ihr die welke Haut mit dem neuen Schwamm waschen, den er gestern gekauft hatte. Sie liebte es, wenn er sie badete. Danach würde er sie mit der Rosenlotion eincremen, sie schnurrte dann immer wie ein kleines Kätzchen.

»Es ist dein Lieblingsessen. Kartoffelbrei mit Soße! Versuch doch nur mal einen kleinen Löffel.«

Sie wischte den Teller auf den Boden. Der gelbe Kartoffelbrei pappte auf dem Linoleum, die Soße lief über seine Schuhe. Er stellte sich vor, wie er die Finger um ihren vogeldünnen Hals legte und zudrückte, ganz sanft. Sie würde zappeln, mit den Armen und Beinen, und sie würde ihn aus ihren Augen anstarren, ihre Bewegungen würden langsamer und langsamer werden, schließlich würden sie ganz aufhören. Er merkte, wie er Kopfweh bekam. Das passierte ihm manchmal.

Dann verlor er die Zeit. Es konnte sein, dass dann Dinge geschahen, an die er sich nicht richtig erinnern konnte, und das war schlecht.

»Ist schon in Ordnung, ich mache es weg.«

Beim Hinausgehen spürte er ihren Hass in seinem Rücken. Er liebte sie so sehr, dass er für sie töten würde. Er würde wieder für sie töten, und sie würde sehen, wie sehr er sie liebte und dass er ihr verziehen hätte, was sie ihm damals angetan hatte. Sie hatte es nicht so gemeint, sie hatte ihn geliebt, über alle Maßen. Er war doch ihr kleiner Liebling.

Auf dem Weg in die Küche schnupperte er an seinen Händen. Sie stanken immer noch. Er konnte sich so oft mit dem Desinfektionsmittel schrubben, wie er wollte, das Böse und der Dreck dieser Welt waren einfach nicht abzuwaschen.

Das Hochgefühl verflog zu schnell. Viel zu schnell. Als er am Arm einer jungen Polizistin, in eine Decke eingehüllt, weggebracht worden war, hatte er von seinem Versteck aus belauscht, dass sie ihn in Sicherheit bringen würden, aber warum, daran konnte er sich nicht mehr erinnern, nur dass sie ihn danach eingesperrt hatten wie ein wildes Tier, das würde er niemals vergessen. Er führte sie jedoch alle an der Nase herum, die gutgläubigen Ärzte, er versicherte immer wieder, wie leid ihm alles tue, ohne dass er wusste, was. Er weinte große Krokodilstränen, das hatte er als kleiner Junge schon auf Knopfdruck beherrscht. Und wenn sie auf ihn einredeten und ihm Fragen über Fragen stellten, zog er sich ganz tief in sein Innerstes zurück, dorthin, wo sie ihn nicht erreichen konnten. Und dann hatten sie angefangen, ihm zu glauben, seine Lügen, seine Reue.

»Ich will doch was essen!«

Er musste sich in die Hand beißen, um vor Wut nicht laut aufzuschreien. Beherrsch dich, beschwor er sich selbst. Beherrsch dich.

Kapitel 25

Die frische, klare Nachtluft war herrlich. Die Straßenlaternen warfen bunte Regenbogenstrahlen in den dunklen Himmel, und Penny hatte das Gefühl, sie könnte die Sterne anfassen, die so klar und kalt funkelten, nur für sie, und sie war sich sicher, sie flüsterten ihr etwas zu. Ihre knisternden Stimmchen kitzelten sie im Ohr, und sie musste kichern. Am liebsten hätte sie sich einen von dort oben heruntergepflückt und in ihre Parkatasche gesteckt, wo sie ihn immer mit sich herumtragen und sich mit ihm Geschichten würde erzählen können.

»Ihr kleinen süßen Dinger«, flüsterte sie und strengte sich noch mehr an, um zu verstehen, was sie ihr zuwisperten.

»Hallo, Penny.«

Penny fuhr herum und starrte verständnislos in das Gesicht, das sie anlächelte. Es kam ihr bekannt vor, aber sie konnte sich einen verwirrenden Augenblick lang nicht mehr erinnern, wie sie hier hergekommen und wer dieser junge Mann war, der sie so freundlich und arglos anguckte.

»Alles in Ordnung? Sie schauen so aus, als hätten Sie einen Geist gesehen.«

»Ähm, nein, alles gut.« Plötzlich war Penny kalt.

Sie klapperte mit den Zähnen. Natürlich, sie war verabredet mit dem jungen Polizisten mit dem seltsamen

Namen. Zwieback, wer dachte sich denn bitte so was aus, das war ja zum Kringeln, sie musste sich beherrschen, um nicht herauszuplatzen.

»Na dann. Gehen wir rein?« Er machte einen Schritt auf die Restauranttür zu und hielt sie für sie auf.

Stimmengewirr und Wärme schlugen ihr entgegen. Gott, was für schöne Menschen! Sie hatte gar nicht gewusst, wie viele junge, gut aussehende Menschen es in Berlin gab. Im Vorübergehen schnappte sie Sätze auf, lächelnde Gesichter drehten sich zu ihr, und sie konnte nicht anders, sie musste zurücklächeln, und ein warmes Glücksgefühl durchrieselte sie vom Kopf bis zu den Zehen.

Der junge Polizist rückte ihr den Stuhl hin, sie setzte sich ihm gegenüber und merkte in der Sekunde, dass sie überhaupt keinen Hunger hatte.

»Ein Glas Weißwein«, sagte sie zu dem Kellner, der ihr die Speisekarte in die Hand drücken wollte.

Sie winkte ab, zog ihren Parka aus und legte ihn über die Stuhllehne. Essen, wer konnte denn schon an Essen denken? Es gab so unendlich viele Dinge zu besprechen, sie musste Nick Zwieback von den Geheimnissen erzählen, die die Sterne ihr gerade erst offenbart hatten. Das war etwas ganz Neues, niemand außer ihr wusste davon, und sie musste das Wissen unbedingt mit ihm teilen. Sie hatte jetzt endlich verstanden, wie die vielen Multiversen miteinander verknüpft waren und in welchem Teil des Universums sie selbst sich befanden. Sie, mit dieser so perfekt ausbalancierten Welt, in der jedes Teilchen seinen Platz hatte, auch sie selbst und die Brotkrümel auf der Tischdecke, die bei genauem Hinsehen im schummrigen Licht der Deckenleuchte zu schweben schienen. Sie vollführten einen kleinen Tanz, nur für sie, nur für sie beide.

»Guck mal«, sagte sie und deutete auf die tanzenden Brotkrumen, die so anmutig ihre Kreise um die Kerze herum zogen wie kleine Planeten in der Umlaufbahn, im Wechselspiel von Anziehung und Abstoßung.

»Was ist?« Nick beugte sich vor.

Es war laut im Raum, sie konnte ihn jedoch hervorragend verstehen, ihr Gehör war scharf wie das eines Luchses.

»Siehst du das nicht? Wie sie tanzen?«

»Wie wer tanzt?« Nick sah sie verständnislos mit hochgezogenen Brauen an.

Bevor Penny antworten konnte, stellte der Kellner das Glas Chardonnay vor sie hin, sie stürzte es in einem Zug herunter.

»Na, du scheinst ja Durst zu haben.«

Penny deutete Richtung Kellner, dass sie noch ein weiteres Glas haben wollte, der Alkohol wärmte sie köstlich von innen, und als sie Nick ins Gesicht blickte, wusste sie nicht, wohin mit dem starken Glücksgefühl, das sie durchströmte. Sie kannte ihn eigentlich gar nicht, doch sein Gesicht schien ihr so vertraut, sie war felsenfest überzeugt, dass sie sich schon früher einmal begegnet waren, vielleicht nicht hier, vielleicht nicht auf diesem Planeten, aber auf einer ihrer früheren Reisen durch das Universum. Sie waren einander gefolgt und hatten sich tänzelnd auf Sternenschwingen miteinander umgeben.

»Willst du nichts essen?«

Penny sah ihn verständnislos an. Verstand er denn nicht, dass sie nicht hergekommen war, um etwas zu essen?

»Also, ich nehme ...«

Er studierte die Karte mit quälender Langsamkeit, und Pennys Fuß begann, hektisch unter dem Tisch zu wippen.

»Ich nehme eine Pizza Margherita, ich kann sie dir nur empfehlen, die machen hier echt gute Pizzen.«

»Hör zu!« Penny riss ihm die Karte so heftig aus der Hand, dass sie auf den Boden fiel.

Er sah sie verdattert an.

»O entschuldige.« Sie bückte sich und hob sie wieder auf. »Sorry, das war keine Absicht. Hör zu, ich muss dir was erzählen.«

Die Frau am Nebentisch lachte so laut, dass es wehtat, der Schmerz bohrte sich tief in Pennys Kopf hinein, und sie hielt sich einen Moment lang die Ohren zu.

»Sag mal, ist wirklich alles in Ordnung mit dir?« Nick starrte sie an.

Penny spürte, wie Wut in ihr aufstieg. Warum fragte er sie ständig, ob alles in Ordnung war mit ihr? Sie war mehr als in Ordnung! Sie versuchte, ihm schon die ganze Zeit wichtige Dinge mitzuteilen, und er beschäftigte sich nur mit seiner saublöden Pizza! Die Frau am Nebentisch lachte erneut, und der Schmerz in Pennys Kopf setzte wieder ein, wie ein feiner Bohrer, der sich ihr in die Hirnwindungen fräste.

Sie wandte sich zu der Frau um. »Entschuldigung, geht das vielleicht etwas leiser? Wir versuchen gerade, uns über etwas Wichtiges zu unterhalten.«

An der Stille an den Nebentischen merkte sie, dass sie laut geworden war. Das tat ihr leid, das hatte sie nicht gewollt, aber die dumme Kuh hatte ihr mit ihrem kreischenden Gelächter den letzten Nerv geraubt.

»Hey, Mädchen, komm mal runter«, brummte ein dicker Kerl am Nebentisch.

Plötzlich wurde Penny übel. Sie bemerkte, dass sie stand, der Typ glotzte sie mit weit aufgerissenem Mund an und tippte sich dann mit einem Finger an die Stirn.

»Die ist ja total daneben«, hörte sie eine andere Stimme.

Tränen traten ihr in die Augen, sie wollte nur noch raus hier. Wo war eigentlich Max? Sie erinnerte sich dumpf daran, dass sie ihm vor dem Polizeipräsidium davongelaufen war, davongelaufen! Wie ein kleines Kind! Sie hatte sich in ein Taxi gesetzt und war hierhergefahren. Und was hatte sie jetzt angerichtet? Benommen ließ sie sich auf ihren Stuhl zurückfallen und sah aus dem Augenwinkel den Kellner auf sie zukommen, er wirkte nicht gerade begeistert.

»Entschuldigung«, sagte sie und schob Nick die Speisekarte zu, der wie angewurzelt vor ihr saß und sie nach wie vor anstarrte. »Es war ein anstrengender Tag und die Frau da neben uns, ihr Lachen ...« Sie lächelte ihn schief an und drehte das Besteck auf dem Tisch hin und her. »Wie auch immer, du sagst, die Pizza ist gut?«

Er nickte stumm und schob die Karte zu ihr zurück.

»Gut, dann guck ich mal rein.« Sie lachte ein kleines, nervöses Lachen und versuchte, sich auf die Karte zu konzentrieren, doch die Buchstaben verschwammen vor ihren Augen und tanzten auf und ab.

»Ich nehme auch die Pizza.« Sie klappte die Pappdeckel mit einem so lauten Knall zu, dass Nick zusammenzuckte. »Wenn du sagst, das ist das Beste hier, kann ich damit ja wohl nichts falsch machen.«

Sie spürte, wie ihr Fuß unter dem Tisch wieder anfing zu wippen.

Nick beobachtete sie argwöhnisch und rang sich ein vorsichtiges Lächeln ab.

»Hm«. Er beugte sich zu ihr vor und verschränkte die Finger ineinander. »Du arbeitest also beim *Tagesblatt.* Erzähl mir doch mal mehr davon.«

»Davon erzählen?« Penny lachte laut. »Ha! Das ist ja genau das, wovon ich dir die ganze Zeit berichten will.« Sie senkte die Stimme und beugte sich weiter vor, damit er sie besser verstehen konnte. »Es ist nämlich so ...«

In dem Moment erschien der Kellner wieder am Tisch. »Habt ihr ausgesucht?«

Herrgott, konnte der sie nicht mal eine Minute in Ruhe lassen? Er konnte einem wirklich auf die Nerven gehen mit seiner bescheuerten Bestellung. Sie zwang sich zu einem Lächeln.

»Wir nehmen zweimal die Pizza Margherita.«

»Und noch was zu trinken?«

»Wie?« Sie starrte ihn irritiert an.

»Ob ihr noch was zu trinken wollt?« Er guckte sie mit hochgezogenen Brauen herausfordernd an.

»Äh, ja. Noch einen Chardonnay für mich, danke.«

Nick schüttelte den Kopf und deutete auf sein halb volles Glas. Der Kellner nickte und entfernte sich widerstrebend.

»Ja, was wolltest du sagen?« Nick sah sie freundlich lächelnd an, auch wenn sie das Gefühl hatte, dass er nicht so richtig bei der Sache war.

»Ja, also, es ist so. Ich habe etwas herausgefunden, etwas, das den Fall betrifft! Du weißt schon, den Fall mit der jungen Frau aus der Baugrube, na ja, natürlich weißt du das, schließlich haben wir uns ja da kennengelernt, oder?«

Sie lachte noch mal und griff nach ihrem frisch gefüllten Glas, das schon vor ihr stand, und nahm einen tiefen Zug. Der eiskalte Weißwein rann ihr die Kehle herunter und schmeckte köstlich, einfach köstlich.

»Jedenfalls habe ich etwas herausgefunden, was noch niemand herausgefunden hat! Nicht einmal euer Kriminalhaupthaupthauptkommissar Monsieur Pfeiffer!« Bei »Monsieur« malte sie mit den Fingerspitzen Anführungszeichen in die Luft. Dann beugte sie sich wieder vor und raunte Nick zu: »Das bleibt unter uns, okay? Ich schreib gerade an dem Artikel, nicht mal unser Chefredakteur weiß davon!«

Er nickte, doch sie fand, er sah nicht so begeistert aus, wie sie es erwartet hatte. Verdammt, verstand er immer noch nicht, worum es hier ging? Hatte sie ihn falsch eingeschätzt?

»Ich habe einen neuen Zeugen!« Sie lehnte sich zurück und zwinkerte ihm zu.

Jetzt war er plötzlich ganz Ohr.

»Tatsächlich? Ohne Scheiß?«

Penny nickte.

»Wen?«

Sie deutete verschwörerisch zur Decke. Nick schaute sie verständnislos an. Penny verdrehte die Augen und piekte mit dem Zeigefinger immer wieder in die Luft. Er kapierte es nicht! Meine Güte, dabei war es so simpel und so genial und außerdem eine todsichere Quelle.

Nick schüttelte ratlos den Kopf. »Es tut mir leid, aber ich verstehe nicht, was du meinst. Oben? Wen meinst du damit?«

Penny musste lachen. Er war so süß, wie er sie mit seinem freundlichen Jungengesicht und seinen Sommersprossen so ratlos ansah, einfach entzückend! Doch sie hielt es selbst nicht mehr aus, sie musste es ihm verraten.

»Die Sterne«, platzte sie heraus. »Es waren die Sterne!«

»Die Sterne?« Nick blickte sie völlig entgeistert an.

Er kapierte es noch immer nicht.

»Vorhin, als wir uns vor der Tür getroffen haben, haben sie es mir erzählt! Verstehst du denn nicht? Sie sind die besten und zuverlässigsten Zeugen, die es gibt! Sie sehen alles, und sie lassen uns nicht eine Sekunde aus den Augen! Sie wollten mir gerade Genaueres erklären, dann kamst du dazwischen, egal, sie warten nur darauf, es uns mitzuteilen, und du kannst dabei sein, ist das nicht irre?«

Irgendetwas passierte mit Nicks Gesicht, sie konnte jedoch nicht genau sagen, was es war. Dann lächelte er plötzlich, beugte sich vor und legte seine Hände auf ihre. Seine Finger waren fest und warm.

»Das ist eine tolle Neuigkeit, Penny.«

Sie hatte ihn!

Endlich hatte er es verstanden, sie hatte sich nicht geirrt, er war der Richtige, ganz und gar der Richtige! Eine heiße Welle des Glücks durchströmte sie.

»Aber du verstehst sicher, dass wir es deinem Chefredakteur sagen müssen, oder?«

»Wieso?«

Penny verstand nicht. Sie kannte Max, er hatte bestimmt Einwände.

»Ohne ihn kannst du die Story nicht bringen! Wie wäre es, wenn er dabei wäre? Dann könntest du ihn direkt von deiner fantastischen Idee überzeugen, und ich könnte Kriminalhauptkommissar Pfeiffer von unseren Ergebnissen berichten, was hältst du davon, hm?«

Er sah sehr überzeugend aus, wie er sie so anschaute, und eigentlich hatte er ja recht. An Max ging nun mal kein Weg vorbei, zumindest so lange nicht, bis sie die Leitung in der Redaktion übernommen hatte. Was soll's, dann würden sie ihn eben einweihen.

Sie nickte.

»Darf ich dich noch um einen großen Gefallen bitten?« Er sah sie flehend an, beinahe wie ein Welpe.

Sie war kurz davor, ihm den Kopf zu tätscheln. Reiß dich zusammen, Penny!

»Was denn noch?«

»Darf ich deinem Redakteur davon erzählen? Ich wollte schon immer mal Reporter spielen.« Er zwinkerte ihr zu.

Wenn er sie so anschaute, konnte sie ihm nichts abschlagen.

»Ich rufe ihn gleich hier an und bestelle ihn her, dann können wir uns sofort dransetzen.«

Warum nicht? Er machte gleich Nägel mit Köpfen, sie mochte Männer, die zupacken konnten.

»Okay«, sagte sie, nahm ihr Handy, tippte Max' Nummer ein und hielt es ihm hin.

»Danke.« Er nahm es und deutete mit dem Daumen Richtung Ausgang. »Ich spreche draußen mit ihm, hier drinnen ist es zu laut, ich bin gleich wieder da.« Er stand auf und zwinkerte ihr noch einmal zu. »Aber nicht abhauen, okay?«

Penny lächelte ihm zu und griff nach ihrem Glas. Abhauen, woher denn! Jetzt fing der Spaß doch gerade erst an!

Kapitel 26

Eigentlich hatte sich Florian Schuster ein Taxi gönnen wollen, aber der Monat war miserabel gelaufen. Und wenn er es sich eingestand, war keine Besserung in Sicht. Sie bezahlten bei der Zeitung schlecht, und wenn er sich nicht bald eine Stelle als fester Redakteur angeln konnte, würde er sich wohl oder übel etwas anderes suchen müssen. Außerdem wusste er nicht, was er machen sollte. Die Geschichte war zu groß für ihn. Ihm ging im wahrsten Sinne des Wortes der Arsch auf Grundeis. Flo seufzte, und sein Atem stieg in einer weißen Wolke vor ihm in der Dunkelheit auf.

Es war so tierisch kalt, und laut Wetterbericht würde eine arktische Eisfront Berlin mit voller Wucht erwischen. Für Flos Geschmack war es schon kalt genug. Der Wind blies ihm spitze Eiskristalle ins Gesicht, es war beinahe taub von der Kälte. Er schlug den Mantelkragen hoch und vergrub seine klammen Finger tief in den Manteltaschen.

Die Friedrichstraße lag wie ausgestorben da. Geisterhaft leuchteten die Schaufenster von der *Galerie Lafayette* vor ihm auf und warfen bläuliches Licht auf den Gehsteig. Hier pfiff der Wind besonders schneidend um die Ecken, die trockene, klirrend kalte Luft kroch unter seinen dünnen Wintermantel, seine Zähne schlugen klappernd aufeinander.

Was für ein beschissener Tag. Morgen war seine Miete fällig, und Frau Zielonka würde ihm keine Woche länger Gnadenfrist geben. Seine Eltern konnte er nicht mehr anhauen, und die Vorstellung, wieder bei ihnen mit seinem Koffer vor der Tür zu stehen, bereitete ihm Magenkrämpfe. Doch das war der Deal gewesen. Wenn er sein Glück in der großen Stadt nicht machen würde, wie sein Vater gesagt hatte, ging es zurück nach Bremen, zur Banklehre bei Herrn Wüste, und so wie es aussah, hatte Flo auf ganzer Linie versagt. Das hier war seine Chance gewesen, dem engen Leben in der Kleinstadt zu entfliehen, und er hatte es voll und ganz vermasselt.

Es war zum Verzweifeln. Jetzt hatte sich ihm endlich eine Möglichkeit geboten, und was tat er? Er machte sich ins Hemd. Wenn er damit zu einem der anderen rannte, schnappten sie ihm die Story weg, aber allein traute er sich nicht. Was, wenn er sich täuschte? Das Ganze wuchs ihm über den Kopf! Flo duckte sich noch tiefer, um gegen den Wind anzukämpfen, er hatte das Gefühl, er müsste sich mit aller Kraft dagegen lehnen. Sein Blick fiel auf seine löchrigen Schuhe, selbst das konnte er sich nicht mehr leisten, er sah aus wie ein Penner. Im Vorbeigehen streiften seine Augen eine wollig warme Winterjacke mit dickem Pelzkragen, die im Schaufenster einer viel zu dünnen Schaufensterpuppe übergezogen war. Seine Mutter wäre überglücklich, wenn sie ihren Florian, ihr Bubele, wieder bei sich hätte, dachte er, als er einen Schritt näher trat.

Vielleicht war das auch alles Unsinn, was er hier veranstaltete, vielleicht sollte er die Datei anonym an Petra aus der Newsredaktion schicken und kündigen.

Er würde nur mit dem Finger schnippen müssen und seine Eltern würden ihm alles zu Füßen legen, wenn er nur endlich nach Hause käme und den Familienbetrieb übernehmen würde.

Er hatte kaum Zeit, den Gedanken zu Ende zu bringen, als er im Spiegel des Schaufensters einen Schatten hinter sich bemerkte. Eine hoch aufgereckte Gestalt, die etwas über dem Kopf zu halten schien, etwas, das sich mit rasender Geschwindigkeit auf seinen Kopf zubewegte. Was, zur Hölle, macht der da?, dachte er noch, als ein dumpfer Schlag und ein rasender Schmerz seinen Kopf zusammenzudrücken schien. Er wunderte sich, dass das vereiste Pflaster des Gehsteigs ihm entgegen kam, und dann wurde alles dunkel.

Kapitel 27

Penny wusste im ersten Moment nicht, wo sie war. Die Wolldecke kratzte, sie hatte einen trockenen Hals, und ihr Kopf hämmerte wie ein ganzes Orchester. Außerdem lag ein seltsamer Geruch in der Luft. Sie hatte keine Ahnung, was es war, aber dann fiel es ihr wieder ein. Pfefferminztee. Pfui Teufel! Sie hasste Pfefferminztee. In den Wochen, in denen sie in der Charité in ihrem Zimmer auf der Geschlossenen, der Station der »Verrückten«, wie sie es selbst klammheimlich genannt hatte, gelegen hatte, hatte es genauso gerochen. Es hatte dort Pfefferminztee zu jeder Tages- und Nachtzeit gegeben – sogar die Schwestern hatten ihn getrunken. Was war aus dem anständigen Stationskaffee geworden, nach dem es in jedem Bürogebäude und auf jeder Krankenstation gerochen hatte, seit Penny denken konnte? Pfefferminztee! Einfach zum Würgen.

Sie öffnete probehalber das linke Auge. Hinter dem Fenster neben Pennys Couch ging gerade die Sonne zaghaft in einem ausgewaschenen Winterhimmel auf, und davor saß, grimmig und unüberwindbar wie Zerberus persönlich, Max.

Jetzt fiel ihr wieder die Nacht ein, die sie in diesem Zimmer, wie so viele andere in ihrer Kindheit, verbracht hatte. Sogar das Regal mit den Hanni-und-Nanni-Büchern hing noch an der Wand, und er hatte auch die *IKEA*-Lampe mit dem rosafarbenen Schirm, die sie so geliebt hatte, nicht ausgetauscht. Allerdings hatte der vergangene Abend rein gar nichts mit lieblichen Kindheitserinnerungen zu tun gehabt. Plötzlich hatte er im Restaurant vor ihrem Tisch gestanden, und er war gar nicht erfreut gewesen, sie zu sehen. Nick war in der Sekunde verschwunden.

Wenn Penny daran zurückdachte, was sie ihm im Restaurant alles erzählt hatte, schoss ihr die Schamesröte in die Wangen, und ihr wurde heiß. Gott, er musste sie für eine komplett Wahnsinnige halten. Und Max! An das Gespräch im Auto konnte sie sich nur vage erinnern, er hatte geschworen, sie wieder einweisen zu lassen. Natürlich würde er das nicht ohne ihre Einwilligung tun können, die Androhung hatte jedoch ausgereicht, um Penny einknicken zu lassen. Schließlich hatte sie erzählt, dass Dr. Pruwe nicht in Berlin war und wie leicht es gewesen war, den Vertretungsarzt am Telefon an der Nase herumzuführen.

Die Pillen würden sie so träge machen, sie könne sich so viel besser konzentrieren und viel effektiver arbeiten, und das komme schlussendlich auch ihm zugute, oder? Er müsse doch verstehen ... Er verstand aber nicht. Also hatten sie einen Abstecher zu Pennys Wohnung gemacht, und sie hatte vor seinen Augen die buchstäblich bitteren Pillen schlucken müssen, und ihre Wangen hatten dabei gebrannt vor Scham und Wut. Nun fingen sie an zu wirken, sie spürte es in den Knochen und vor allem in ihrem Kopf, in dem die quietschbunten Farben der letzten zwei Tage einem nüchternen Grau gewichen waren. Sie wusste natürlich, dass sie ihm dafür dankbar sein musste. Wie immer.

»Ausgeschlafen?«

Ein Kaffee dampfte neben ihr auf dem Nachttisch, und der holzige Geruch wehte zu ihr herüber.

»Ja danke.«

»Zucker ist schon drin.«

»Hm.«

»Du bleibst heute besser im Bett.«

Penny stützte sich auf und setzte sich hin.

»Auf gar keinen Fall.«

Max betrachtete sie prüfend.

»Bist du dir sicher?«

»Hast du die ganze Nacht hier gesessen?«

»Ja, gern geschehen.«

»Das wäre nicht nötig gewesen.«

»Mach mich nicht noch wütender, als ich sowieso schon bin, Penny.«

Seine Stimme bebte, und Penny traute sich nicht, ihn anzusehen. Sie lehnte sich zurück, atmete tief ein und schloss die Augen.

»Es tut mir leid.«

»Das will ich hoffen.«

»Es wird nicht wieder vorkommen.«

»Das will ich hoffen.«

»Und jetzt?« Sie beugte sich vor, angelte sich die Tasse mit dem heißen Kaffee und nahm einen vorsichtigen Schluck. »Der ist köstlich, vielen Dank.«

»Du bleibst die nächsten Tage bei mir. Und wenn ich sehe, dass du dich wieder eingekriegt hast, kannst du gehen.«

»Unter einer Bedingung.«

»Und die wäre?«

»Kein Wort an Frau Doktor Pruwe.«

»Ich wüsste nicht, warum du Bedingungen stellen solltest.«

»Bitte!« Penny blickte ihn flehend an.

»Warum hast du das gemacht?« Er beugte sich vor, seine Wangen zuckten. »Du warst gestern völlig außer Rand und Band! Der arme junge Mann war total verstört! Ich weiß nicht, was du ihm erzählt hast, aber ich sage dir, den siehst du nie wieder.«

»Ich weiß«, flüsterte Penny.

»Ich hab mich auf dich verlassen! Du hast mir dein Wort gegeben! Kein Absetzen der Medikamente mehr, das hatten wir abgemacht! Sei froh, dass er mich angerufen hat. Das hätte ins Auge gehen können, Penny. Ganz böse!«

»Bitte, Max.« Sie war kaum zu verstehen. »Es reicht mir schon, dass du mich ständig überwachst. Wenn du Doktor Pruwe erzählst, dass ich die Pillen eigenmächtig abgesetzt habe, hab ich keine ruhige Minute mehr.«

»Zu Recht. Das ist ihr Job.«

»Bitte, Max.« Pennys Stimme war nur noch ein Flüstern, und ihre Augen füllten sich mit Tränen. »Es ist eh so schwer«, flüsterte sie und starrte in ihre Tasse. »Weißt du, wie beschissen es ist, sich jeden Morgen im Spiegel zu sehen und zu wissen, dass man allein wahrscheinlich niemals klarkommen wird? Wenn ein Krieg ausbricht – nur mal angenommen – und ich hab dieses Zeug nicht mehr, dann dreh ich durch, stell dir das mal vor! Dann kannst du mich irgendwann nackt von einer Hauswand kratzen oder schlimmer ...«

Ihre Hände zitterten, als sie die Tasse zum Mund führte, sie nahm noch einen Schluck und stellte sie dann neben sich auf dem Nachttisch ab.

»Weißt du, es ist manchmal schwierig, den Respekt vor sich selbst nicht zu verlieren, verstehst du das?« Sie sah ihm direkt in die Augen. »Und wenn du das Gefühl hast, du wirst auf Schritt und Tritt überwacht wie ein kleines Kind, nun ja ...« Sie zuckte mit den Schultern. »Das macht es nicht gerade einfacher. Ehrlich gesagt, ist es ein absolutes Scheißgefühl, so ist es.«

Max schwieg.

»Okay«, meinte er schließlich. »Ich sag es ihr nicht, aber ich verlasse mich darauf, dass du dich diesmal an unsere Regeln hältst. Ich meine es ernst, Penny, das ist deine letzte Chance!« Er fuhr sich mit den Fingern durch die Haare. »Ich wusste doch, dass etwas im Busch ist, glaube mir, das nächste Mal schicke ich sie dir alle auf den Hals, das schwöre ich.«

Penny nickte und knibbelte an ihrem Daumen herum. Sie fühlte sich hundeelend. Das war die chemische Reaktion in ihrem Kopf. Nach dem Hoch kam das Tief, unweigerlich. Selber schuld, du blöde Kuh, schalt sie sich, du blöde, blöde Kuh.

»Alles klar, und jetzt steh auf, ich mach dir Spiegeleier, und dann fahren wir in die Redaktion. Ich lass dich keine Sekunde aus den Augen, davon kannst du ausgehen.«

Kapitel 28

»So früh? Siehst scheiße aus«, bemerkte Emma und schlürfte ihren Kaffee.

»Danke auch und guten Morgen.« Penny hievte ihre Tasche auf den Schreibtisch und fummelte eine Zigarette aus der Brusttasche.

Sie waren schweigend nebeneinander in die Redaktion gefahren. Penny hatte Max die Enttäuschung und Ratlosigkeit ansehen können, und auch wenn sie, wie immer, von seiner Fürsorglichkeit überwältigt war, nervte sie es.

»Was ist los?« Emma sah sie argwöhnisch an.

»Nichts. Was gibt's Neues?«

Sie waren die Ersten. Das Großraumbüro mit den vielen Doppelschreibtischen war noch gespenstisch leer, und Emmas Seite mit dem gelben Licht war wie eine Insel in der Dämmerung. Penny erschien sonst nie um diese Zeit, die Stille in dem sonst so geschäftigen Raum, in dem die Telefone nie stillstanden und ein stetiger Lärmpegel von Geplapper und emsigem Treiben herrschte, kam ihr komisch vor.

»Ein Welpe ist im KaDeWe nachts eingesperrt gewesen, und der Hausmeister hat ganz begeistert angerufen und hofft auf eine Titelstory mit dem Kleinen. Sieht allerdings auch echt süß aus, ein Schäferhund, glaub ich.«

»Na, das wird Tom gefallen«, murmelte Penny.

»Was?«

»Ach nichts. Ist das alles?«

Emma zuckte mit den Schultern. »Das Übliche. Eine Schlägerei in Kreuzberg, das Opfer hat eine gebrochene Nase und will Anzeige erstatten. Dann gab es einen Einbruch in eine Villa in Grunewald, Genaueres wissen wir noch nicht. Ach ja, und ich hab eine Mail von Max bekommen, wir sollen versuchen, ein Interview mit dem Ex-Mann von dieser Sophie Irgendwas, du weißt schon, die aus der Wohnung, zu kriegen.«

»Wer, wir?«

»Ich schätze mal ich oder eben du.«

Hatte Max ernsthaft gedacht, das an ihr vorbeischleusen zu können? Na, der würde sich wundern.

»Warum bist so früh dran?«, fragte Emma noch einmal.

Sie war immer so früh, Nicola ging ab sieben in den Kindergarten, und Emma wollte früher zu Hause sein, um den Nachmittag mit ihrer Tochter zu verbringen.

»Schlecht geschlafen«, brummte Penny und wich dem Blick ihrer Freundin aus.

Emma war die Einzige, die wusste, was mit Penny los war. Außer Max natürlich. Sie hatte sie in der manischen Phase erlebt, bevor Max sie in die Charité eingeliefert hatte. Penny schleppte vier Hundewelpen mit in die Redaktion, sie hatte nicht mehr an als einen Badeanzug und darüber ein kurzes, glitzerndes Paillettenkleid. Sie war mit den Hunden die ganze Nacht vom Allgäu aus, wo sie sie gekauft hatte, nach Berlin gefahren, damit sie in der Redaktion wohnen konnten.

Gott sei Dank war noch niemand außer Emma da gewesen. Sie packte Penny wortlos und fuhr mit ihr und den kläffenden Hunden zu Max.

Emma besuchte Penny regelmäßig in der Klinik, sie brachte ihr immer etwas Schönes mit, etwas aus dem Alltag, eine Packung guten Espresso oder einen Bildband, den sie auf dem Flohmarkt gefunden hatte. Penny und Emma hatten nie über Pennys Krankheit gesprochen, auch nicht, nachdem sie entlassen worden war, und Penny war ihr unendlich dankbar dafür. Dennoch, ein paar Augen mehr, die sie beobachteten, und das konnte sie gerade gar nicht vertragen.

»Hm.« Emma wandte sich wieder ihrem PC zu und tippte emsig weiter.

Penny seufzte innerlich erleichtert, knipste ihre Schreibtischlampe an und wandte sich ihrem Computer zu. Die Morgenkonferenz begann erst in zwei Stunden. Sie hatte also noch genug Zeit, um ihre E-Mails durchzugehen, den Nachrichtenticker nach wichtigen Neuigkeiten zu durchforsten und sich über die für sie reservierte Seite im *Tagesblatt* Gedanken zu machen.

Als sie ihr Handy öffnete, zählte sie neun Nachrichten, alle von Kriminalhauptkommissar Pfeiffer. O verdammt. Sie hatte gestern Abend ihr Handy auf lautlos gestellt, und wahrscheinlich hatte er versucht, sie zu erreichen. Vierzehn verpasste Anrufe. Mit unsicheren Fingern wählte sie ihre Sprachbox und konnte schon am Ton seiner Stimme hören, dass etwas passiert war.

»Warum melden Sie sich nicht? Wir hatten eine Abmachung, vergessen? Es gibt schon wieder eine neue Leiche, rufen Sie mich sofort an, wenn Sie das hier hören, ich bin durchgehend erreichbar.«

»Soll ich Tom wirklich zum Hundebaby schicken?«, fragte Emma, und Penny hörte sie wie durch einen Nebel hindurch.

Schon wieder eine Leiche? Mittlerweile ließ die Begeisterung darüber nach, dass sie Teil einer guten Story war und direkt an der Quelle saß. Was, wenn der Mörder wieder Bezug auf sie genommen hatte? Langsam wurde es Penny unheimlich. Was wollte der Typ von ihr? Sie hatte sich im Auto auf dem Weg von Max hierher den Kopf zerbrochen, welche Verbindung der Täter zu ihr haben könnte, es war ihr jedoch nichts eingefallen. Wie auch, so ins Blaue hinein? Wie sollte sie sich jede einzelne Person ins Gedächtnis rufen, der sie Tag für Tag in den letzten Wochen begegnet war? Wochen? Oder Monaten? Sie wusste gar nicht, wo sie anfangen sollte.

»Ich muss weg«, sagte sie mechanisch, stand auf, riss ihre Jacke vom Stuhl und klemmte sich die Tasche unter den Arm.

»Was?« Emma starrte sie irritiert an. »Du bist doch gerade erst gekommen.«

»Ja, ich weiß, aber ich muss weg.«

»Aber«, rief Emma ihr hinterher, »was soll ich Max sagen, wenn er mich fragt, wo du bist?«

»Gar nichts«, knurrte Penny, »er wird es schon wissen.«

Kapitel 29

Penny zuckte bei dem quietschenden Geräusch der elektrischen Tür zusammen. Den Geruch, der ihr entgegenschlug, kannte sie nur zu gut.

Irgendwann hatte sie aufgehört zu zählen, wie oft sie ihren Vater aus dem Knast abgeholt hatte. Das erste Mal war sie vierzehn Jahre alt gewesen.

Penny würde diesen Tag in ihrem ganzen Leben nicht vergessen, sie hatte ihn so deutlich im Gedächtnis, als wäre es erst gestern gewesen. Ihre Mutter, ihre wundervolle, weiche, warme Mutter mit dem großen Mund, der so herzlich lachen konnte und so bitterlich schluchzen, war seit drei Jahren weg, und die kleine Penny hatte die Wunde, die ihr Verschwinden aufgerissen hatte, noch gar nicht richtig betrachten können.

Sie rechnete immer noch jeden Tag, wenn sie von der Schule nach Hause kam, damit, dass sie in der Küche auf sie warten würde, an dem wackeligen Tisch mit der Wachsblumendecke und den frischen Blumen. Aber sie war nicht da, und der Geruch nach *Chanel N° 5*, der für Penny so eng und unauslöschbar mit ihrer Mutter verbunden war, verflüchtigte sich mehr und mehr aus ihrem Leben und aus der Wohnung. Den Zettel, den sie ihrer Tochter hinterlassen hatte, trug sie wie einen Schatz mit sich herum, und trotz allem konnte sie ihr nicht böse sein.

Ihr Vater hatte ihr in der Woche, nachdem seine Frau ihn hatte sitzen lassen, ein Handy besorgt, und das klingelte, als Penny, die Schule schwänzend, auf dem Alexanderplatz herumlungerte und sich gerade eine Zigarette anzünden wollte. Sie war mit der S-Bahn zur nächstgelegenen Haltestelle gefahren, zu Fuß bis zur Polizeistation in Mitte gelaufen, und der Blick der Polizistin auf ihren lilafarbenen Irokesenschnitt sprach Bände.

»Wat kiekste?«, fragte Penny rotzig.

Die Frau guckte sie beide an wie Abschaum, als sie, ihren besoffenen Vater untergehakt, den schmutzigen Flur auf der Wache unter seinem Gewicht schwankend entlanghinkte. Penny spürte, wie ihr tiefe Scham in die Eingeweide kroch.

An dem Abend, als Herbert schnarchend seinen Rausch auf der Couch vor dem Fernseher ausschlief, übertönte Penny das Lila in ihrem Haar mit einer Flasche schwarzer *L'Oréal*-Färbung. Sie entfernte die Piercings aus der Augenbraue und der Nase, kämmte den Irokesenschnitt glatt nach unten und steckte sich die beiden Brillantohrringe, die ihre Mutter immer getragen und die sie Penny dagelassen hatte, in die Ohrlöcher. Dann nahm sie das letzte Geld, das sie in den Taschen ihres Vaters fand, und kaufte sich bei *H&M* davon so viele blaue Jeans und weiße T-Shirts, wie sie dafür bekommen konnte, und ein paar neue lederne Schnürstiefel. Penny hatte von diesem Tag an nicht einen einzigen Tag in der Schule verpasst und war eine der besten Abiturientinnen ihres Jahrgangs gewesen.

»Kalunke?«, fragte die Frau hinter der Glasscheibe mürrisch und ließ eine Blase rosa Kaugummi vor ihrer Nase zerplatzen.

»Ich habe einen Termin bei Kriminalhauptkommissar Pfeiffer.«

»Momentchen.«

Die Frau tippte mit ihren langen, aufgeklebten Fingernägeln, die irgendeine undefinierbare Farbe hatten, auf die Tastatur ihres Telefons.

Penny fröstelte. Es war noch kälter geworden über Nacht, und der Wind fegte um die Häuserecken und verursachte dabei eine hohes surrendes Geräusch. Penny konnte es bis in die Eingangshalle des Polizeipräsidiums hören.

»Kannst reinkommen.«

Die Dicke legte auf und kratzte sich mit ihrem gebogenen Fingernagel an der Braue, was es ein unangenehmes schabendes Geräusch machte.

Penny schüttelte sich.

»Danke«, sagte sie, setzte ein schiefes Lächeln auf und ging den Gang entlang, den sie gestern mit Max genommen hatte. Nur sahen die Lichter heute greller und unfreundlicher aus, ihr Kopf tat weh. Die Dicke wackelte vor ihr her, blieb vor derselben Tür wie gestern stehen und wies Penny in das »Junggesellenzimmer«, wie sie es getauft hatte. Penny konnte das Klacken ihrer Absätze noch vernehmen, als sie sich wieder entfernte.

Der Raum war angenehm temperiert. Wie war sie nur auf den Gedanken verfallen, es wäre tropisch heiß in Kriminalhauptkommissar Pfeiffers Büro? Penny gab es nur ungern zu, doch sie war Max in diesem Moment dankbar, dass er sie wieder unter seine Fittiche genommen hatte. Sie war auf dem besten Weg gewesen, die Kontrolle zu verlieren, das wurde ihr in diesem Augenblick klar. Was hätte sie nur wieder angestellt?

Pfeiffer ließ die Tür mit dem gleichen Geräusch auffliegen, und wieder zuckte Penny zusammen. Meine Güte, kannte der Mann keinen gemäßigten Auftritt? Er sah müde aus. Sein Gesicht, das bei ihrem letzten Treffen noch in gesunder Bräune geleuchtet hatte und ihr so wohlgeformt und gut aussehend vorgekommen war, war fahl, und sie bemerkte plötzlich, dass er eine schiefe Nase hatte, die unförmig in seinem Gesicht aussah, und ausgeprägte Geheimratsecken. Hatten ihm die neusten Erkenntnisse zugesetzt? Aber sie wusste es besser, es war ihre Verfassung gewesen, die ihn in einem so schmelzenden Licht hatte erscheinen lassen. Penny krallte die Fingernägel in ihre Faust, bis es wehtat.

»Die Abstände werden kürzer«, sagte der Polizist knapp und feuerte eine Aufnahme vor ihr auf den Schreibtisch, von der Penny nur einen seltsam verdrehten Körper erhaschen konnte, offensichtlich männlich. Mit zögernden Fingern griff sie danach und hielt es unter die Schreibtischlampe.

»Ist Ihnen etwas eingefallen, Frau Kalunke?«, fragte Pfeiffer mit einem beinahe flehenden Unterton und faltete die Hände auf der Tischplatte, so wie er es gestern getan hatte.

Stumm schüttelte sie den Kopf. Irgendetwas an dem Bild kam ihr vage bekannt vor, als hätte sie die Person schon einmal gesehen, aber der letzte Mensch, dem sie im Moment vertraute, war sie selbst.

»Gar nichts?« Pfeiffer atmete scharf zwischen den Zähnen aus und lehnte sich zurück. »Es hat ihn jemand heute Morgen auf der Friedrichstraße gefunden, schon wieder! Er hat da gelegen, einfach so, wie ein Müllsack, stellen Sie sich das mal vor! Kein Mensch weiß, wie lange er da gelegen hat, und niemand hat etwas mitgekriegt, können Sie das verstehen? Da liegt ein toter Mensch stundenlang nachts auf der Straße, und niemand findet ihn, ist das zu fassen?«

»Es war kalt heute Nacht«, sagte Penny und reichte das Foto zurück.

»Wie bitte?« Pfeiffer starrte sie entgeistert an.

»Es war kalt heute Nacht, da bleiben die Leute zu Hause.«

»Das weiß ich auch!« Pfeiffer schnaufte gereizt. »Hören Sie, Frau Kalunke. Es gibt Zeugen, wahrscheinlich haben alle Redaktionen dieser Stadt, Fernsehen, Zeitungen und Radio, längst Wind davon bekommen, und dann ist es nur eine Frage der Zeit, bis durchsickert, dass es eine Serie ist.«

Penny nickte. Erzähl mir was Neues, dachte sie.

»Die Leiche ist in der Rechtsmedizin, wir wissen noch nicht, wer der junge Mann ist, er hatte keine Papiere dabei, und wir wissen vor allem nicht, ob der Täter wieder eine Nachricht hinterlassen hatte. Ich möchte, dass Sie sofort zur Rechtsmedizin fahren, wissen Sie, wo die ist?«

»Ja.«

»Sie bleiben so lange da, bis Sie wissen, ob wieder eine Nachricht bei der Leiche ist.«

Penny nickte erneut. Pfeiffer musste völlig verzweifelt sein, dass er eine Zivilistin dorthin schickte. Vielleicht war die Mordkommission aber auch unterbesetzt.

»Und ich möchte, dass Sie sich weiter Gedanken machen, wer dieser mysteriöse Kinderretter, für den er sich selbst hält, sein könnte. Denken Sie nach! Und wenn es Ihnen noch so banal vorkommen mag, versuchen Sie, sich an jeden zu erinnern, der Ihnen in letzter Zeit begegnet ist.«

»Könnten Sie in ›letzter Zeit‹ etwas genauer definieren?«

»Nein, Frau Kalunke, das kann ich leider nicht. Wenn ich das könnte, wäre ich froh.«

Er fuhr sich durch die Haare, und sie konnte sehen, dass er Schweißflecke unter den Achseln hatte.

»Und dann möchte ich, dass Sie bitte einen sachlichen und informativen Artikel aufsetzen, der die Mordserie behandelt. Die Katze ist eh bald aus dem Sack, jetzt gilt es, Schadensbegrenzung zu betreiben. Übertreiben Sie ruhig, schreiben Sie, wir seien in der Recherche gut aufgestellt mit Personal und sehr zuversichtlich, den Täter so bald wie möglich zu fassen. Schreiben Sie, es bestehe keinen Grund, sich Sorgen zu machen. Wir werden selbst eine Pressemitteilung herausgeben, doch Ihr Käseblatt liest die ganze Stadt.«

»Sie wollen also, dass ich lüge.«

»Ja, das will ich. Wollen Sie, dass Panik ausbricht?«

Penny schüttelte den Kopf. Zugegeben, sie war Redakteurin einer reißerischen Tageszeitung, aber sie hatte auch so etwas wie eine Journalistenehre. Sie war nicht zur Presse gegangen, um Lügengeschichten zu erzählen, sondern um sie, an guten Tagen, aufzudecken.

»Das mache ich sehr ungern, Herr Pfeiffer«, sagte sie schließlich und knabberte an ihrem Daumennagel.

»Kriminalhauptkommissar Pfeiffer«, zischte er und beugte sich über den Schreibtisch zu ihr hinüber, sodass sie die Spucke in seinen Mundwinkeln sehen konnte. »Und es ist mir scheißegal, Mädchen, wie du das findest. Wir ermitteln hier in einer Mordserie! Du schreibst, was ich dir sage, klar?«

Die Stille im Raum war mit Händen zu greifen. Penny stand auf und nahm ihre Tasche.

»Verstanden«, sagte sie. »Solange der frei rumläuft, mache ich, was Sie sagen, danach ziehen Sie sich warm an.«

Kapitel 30

»Das gibt's doch nicht.« Tom schob sich die Mütze in den Nacken und kratzte sich am Kopf. »Das ist tatsächlich Flo. Florian Schuster. Das gibt's doch nicht.«

Wortlos starrten sie auf die Leiche herunter, die unter dem kalten Neonlicht der Rechtsmedizin vor ihnen lag.

»Ich hab gestern noch mit ihm mittaggegessen«, sagte Penny leise. »In der Mensa. Buletten. Ekelhaft.«

»Das gibt's doch nicht«, wiederholte Tom.

»So, Freunde, raus mit euch, ich muss weiterarbeiten.«

Nora machte eine scheuchende Handbewegung Richtung Penny und Tom, die ihre Taschen griffen und sich durch die große Metalltür in den Flur hinaus und auf die Straße trollten.

»Hätte ein Superfoto gegeben«, maulte Tom und zog sich die Mütze tiefer in die Stirn.

»Etwas mehr Respekt würde dir auch nicht schaden.«

»Jetzt hab dich mal nicht so. Du kanntest ihn doch auch kaum.«

Penny fummelte eine Zigarette aus ihrem Parka und schaffte es nicht, sie gegen den beißenden Wind anzuzünden. Tom stellte sich schützend vor sie und hielt die Hände über die Flamme.

»Rauchen ist ungesund, ich glaube, das sagte ich bereits«, meinte er. »Aber als vollendeter Gentleman helfe ich dir natürlich.«

»Ist das nicht strange?« Penny ignorierte seine Stichelei und inhalierte tief und gierig. »Was hat dieser harmlose Flo bloß irgendjemandem getan? Das ergibt gar keinen Sinn!«

»Vielleicht hat er etwas gesehen, das er nicht sehen sollte.«

»Du meinst, ein Verbrechen? Auf der Friedrichstraße? Direkt am *Lafayette*? Quatsch.«

»Wer weiß? Vielleicht ist er vor jemandem weggelaufen?«

»Ja, vielleicht vor Max, weil er seine Story nicht fertig hatte«, knurrte Penny und aschte auf den Gehsteig vor dem hohen Gebäude der Rechtsmedizin, das dessen rote Mauern vor dem grauen Winterhimmel wie ein großer Farbtupfer wirkten.

»Kann doch sein.« Tom popelte in seinem Ohr herum und betrachtete dann interessiert seinen Zeigefinger. »Eventuell hat er etwas über die Mordserie herausgefunden.«

»Der? Ach was. Der war nicht gerade die hellste Kerze im Leuchter, soweit ich mich erinnere, außerdem war der noch total grün hinter den Ohren. Nee, ich werd nachher mal im Polizeipräsidium anrufen, kann ja sein, dass die schon was haben.«

»Good luck with that.« Tom grinste Penny an. »Dir sagen sie es bestimmt als Erstes.«

Kapitel 31

Es stank nach Kohl. Nach Kohl und ungelüftetem Schlafzimmer. Die Alte saß vor Penny und wackelte mit dem Kopf. Sie sah freundlich aus und auch ein wenig so, als hätte sie nicht mehr alle Tassen im Schrank. Max' Stimme am Telefon hatte aufgeregt geklungen, als er sie in die Friedrichstraße zu einer angeblichen Augenzeugin des Mords an Flo geschickt hatte. Penny hatte sich sofort auf den Weg gemacht.

»Nun, Frau Meis, erzählen Sie mir doch noch mal genau, was Sie gesehen haben.«

»Den Mörder.«

»Ja, das sagten Sie bereits. Vielleicht fällt Ihnen ja etwas mehr zu ihm ein. Wie sah er denn aus?«

»Dat war ein Mann.«

»Ja, das ist schon mal gut. War er groß oder klein? Jung oder eher alt?«

Frau Meis überlegte und kaute dabei auf ihrem Gebiss herum. Hinter ihrem Kopf prangten grün-orange Blumen auf der Wohnzimmerwand, das Sideboard, das davorstand, war kackbraun, und in der Zimmerecke hing tatsächlich eine Kuckucksuhr. Unfassbar, dachte Penny, das alles könnte man für ein Vermögen auf dem Flohmarkt verscherbeln, retro war gerade total in.

»Also, der Mann ...«

»Ja?« Penny wandte sich wieder Frau Meis zu, die sich zu erinnern schien.

»Er war so mitteljroß und mittelalt«, sagte sie und strahlte Penny an.

»Okay, danke, Frau Meis, das ist eine Menge. Können Sie sich an seine Haarfarbe erinnern?«

»Die Haarfarbe? Nee.«

»Nein, kein Stück?«

»Et war dunkel.«

»Ja«, sagte Penny hilflos und schielte zu Tom rüber, der die Augen verdrehte und seinen Daumennagel mit dem Schlüsselbund reinigte.

Penny guckte aus dem Fenster, vorbei an einer scheußlichen Porzellankatze, die ein Halsband aus rosa Tüll trug und ihre Pfoten ableckte.

»Sie haben ja einen tollen Blick auf die Friedrichstraße.«

Frau Meis brummelte etwas und antwortete nicht.

»Sie sagen also, es war dunkel, wissen Sie denn noch ungefähr, wie viel Uhr es war?«

»Nee, so um achte, denk ick.«

Penny seufzte. »Erzählen Sie noch einmal von Anfang an, Frau Meis. Wie wäre das?«

Die alte Frau nickte begeistert und hielt mit zitternden Händen einen Teller mit staubigen Keksen hoch, den Penny bis jetzt erfolgreich hatte ignorieren können.

»Mach ick, Kindchen, nehmen Se doch 'nen Keks.«

Tom hob abwehrend die Hände und setzte sein charmantestes Lächeln auf, als sie mit dem Teller in seine Richtung steuerte.

»Haben Sie vielen Dank, aber ich bin auf Diät.« Wie zur Bestätigung klopfte er auf seinen nicht vorhandenen Bauch und grinste. »Wenn ich einmal anfange, kann ich nicht mehr aufhören.«

»Ach, ihr jungen Leute, viel zu dünne seid ihr. Dann Sie, Kindchen, lassen Se es sich schmecken.«

Penny lächelte gequält und angelte sich den Keks vom Teller, der am wenigsten nach einer Botulinumtoxinvergiftung aussah, und knabberte vorsichtig an einer Ecke.

»Köstlich, köstlich. Jetzt erzählen Sie mal, Frau Meis.«

»Ja, also ick hab meine Pflanzen jejossen.« Sie wedelte mit ihrer knochigen Hand, die von dicken, blauen Adern überzogen war, zum Fenster, das auf die Straße rausging. »Und da seh ick den Mann, die Straße war janz leer, es hat ja so gewindet, wissen Se?«

Penny nickte.

»Na ja, und ick jieß so und seh noch eenen. Die beeden waren janz alleene auf der Straße, es war ja so windig, wissen Se?«

Penny nickte noch mal.

»Und wie ick so jieße, da seh ick plötzlich, wie der eene wat hochhebt und et auf den Kopf von dem anderen fallen lässt.« Sie machte eine Pause und blickte auf ihre Finger, die sie ineinander verflochten auf dem Schoß ruhen ließ.

Penny starrte sie an. »Ja, und dann?«

»Nix. Det war's.«

Penny und Tom guckten sich verblüfft an.

»Und der andere Mann?«, fragte Penny.

»Na, der lag uff der Straße, Kindchen.«

»Nein, ich meine den, der ihn geschlagen hat.«

»Ach, der! Der hat irgendwat weggeworfen, und dann hat er sich über den anderen drüber jebeugt, und dann hat er ihn weggeschleift ...«

»Weggeschleift? Wohin denn?«

Frau Meis überlegte angestrengt und pulte sich zitternd einen Keksrest aus den Zähnen.

»Dahin.« Sie deutete mit dem Finger vage zu Unter den Linden.

»Sind Sie sich sicher?«

»Klar, Kindchen, ick hab Augen wie ein Adler.«

»Und was haben Sie dann gemacht?«

Frau Meis sah sie erstaunt an. Ihre gelblichen Augäpfel schwammen trübe in den Höhlen. »Ick bin ins Bett jejangen, Kindchen. Wat sonst?«

»Aber haben Sie keinen Krankenwagen gerufen?«

»Nee, Kindchen.« Frau Meis machte eine wegwerfende Handbewegung. »Der war hin, dat hab ick jenau jesehn.«

»Und die Polizei?«

»Wat is mit denen?«

»Haben Sie nicht die Polizei gerufen?«

»Die Bullen? Nee, Kindchen, so wat mach ick nich.«

»Aber, aber ...« Penny stotterte und sah Hilfe suchend zu Tom, der starrte Frau Meis nur fasziniert an. »Sie haben das Verbrechen also nicht gemeldet.«

»Doch, klar, Kindchen, hab ick det.«

»Ach, na Gott sei Dank! Wann haben Sie die Polizei denn angerufen? Am nächsten Tag?«

Frau Meis schien wieder verwirrt. »Ick hab die Polizei nich angerufen, Kindchen, hab ick doch schon gesagt. Die haben meinen Mann hopsjenommen damals, nee, mit denen hab ick nix zu schaffen.«

»Und wen haben Sie dann angerufen?«

»Na, euch, Kindchen, euch.«

Penny konnte aus den Augenwinkeln sehen, dass sich Tom ein Grinsen nicht verkneifen konnte. Sie atmete tief aus und lächelte die alte Frau an.

»Sagen Sie mal, Frau Meis, wie kommt es eigentlich, dass Sie noch hier wohnen?«

»Wat?« Frau Meis schaute sie verständnislos an.

Vielleicht ist sie auch nicht ganz dicht, dachte Penny.

»Hier sind mittlerweile fast alle Häuser Büros und schicke Läden, man hat Ihnen bestimmt einen guten Preis für Ihre schöne Wohnung geboten, oder?«

Frau Meis beugte sich vor, und alle Gutmütigkeit war mit einem Schlag aus ihrem faltigen, eingefallenen Gesicht verschwunden.

»Allet Verbrecher«, stieß sie zwischen ihrem Gebiss hervor, und ein Spuckefetzen landete auf Pennys Knie. »Allet Verbrecher sind det, sage ich Ihnen, Kindchen, aber die, die kriegen mich hier nich raus. Nur in der Waagerechten, mit den Füßen voraus, jawoll!«

»Gut.« Penny erhob sich abrupt und zerrte an Toms Jackenärmel. »Vielen Dank für Ihre Hilfe, ich melde mich, wenn ich noch etwas brauche oder der Artikel erscheint.«

»Keen Foto?« Frau Meis war sichtlich enttäuscht.

»Also, wissen Sie, Frau Meis, wir können den Artikel leider nicht mit Ihrem Namen und Ihrem Foto bringen.«

»Ach wat? Warum denn nicht?«

»Nun«, Penny bewegte sich langsam zur Wohnungstür und zog Tom dabei hinter sich her, »Sie würden mächtig Ärger bekommen, wenn die Polizei herausfindet, dass Sie einen Mord nicht gemeldet haben, den Sie live gesehen haben, das wäre eine schlechte Idee, glauben Sie mir.«

»Dann sagen Se halt, ick hätte anjerufen, Kindchen, janz einfach.«

»Das kann man leider nachverfolgen. Ich schreib Ihnen einen schönen Artikel, ich bringe ihn Ihnen sogar vorbei, was halten Sie davon?«

Frau Meis hielt gar nichts davon.

»Soll det heißen, ick hab Se janz umsonst anjerufen? Ick hab meiner Schwägerin jesagt, ick bin bald in der Zeitung, und jetzt schreiben Se jar nix über mich?«

»So ist es ja nicht. Nur Ihr Name steht nicht dabei.«

Frau Meis näherte sich Penny bedrohlich, ihr dünnes Gesicht war rosarot angelaufen, ihre Augen funkelten ärgerlich. »Dat is Beschiss! Ick hab det meiner Schwägerin erzählt, wie steh ick denn jetze da?«

Penny hatte die rettende Tür erreicht, drückte die Klinke und sog die Luft ein, die vom Hausflur hereinströmte.

»Frau Meis, wir müssen wirklich los, haben Sie vielen Dank!«

Sie schob den immer noch grinsenden Tom vor sich raus in den Flur und schloss die Tür hinter sich. Das Gezetere der alten Frau war im ganzen Treppenhaus zu hören.

»Komm, Tom«, sagte sie, »lass und bloß verschwinden!«

Kapitel 32

»Puh.« Penny wischte sich die feuchte Stirn.

Sie hasste so etwas. Die Enttäuschung und Wut waren Frau Meis ins Gesicht geschrieben gewesen. Sie hasste es, die kleinen Leutchen zu enttäuschen. Sicherlich hatte sie neben ihrer Schwägerin all ihre Freunde angerufen und damit geprahlt, dass bald etwas über sie in der Zeitung zu lesen sein würde, und nun stand sie dumm da, wie ein begossener Pudel, und hatte sich lächerlich gemacht. Tja, die berühmten fünf Minuten Ruhm, es war immer wieder erstaunlich, wofür die Menschen bereit waren sich vorführen zu lassen.

»Alles okay?« Tom sah sie besorgt von der Seite an.

Sie waren theoretisch zu Fuß nur fünf Minuten von der Redaktion entfernt, aber der Stau, in dem sie standen, schien endlos. Penny würde die Eigendynamik des Berliner Verkehrs niemals verstehen, da konnte sie in der Stadt so lange leben, wie sie wollte.

Es war gerade mal elf Uhr morgens, wo, zum Teufel, kamen die ganzen Leute her, und vor allem, wo wollten sie hin? Für die Mittagspause war es zu früh und für den Berufsverkehr zu spät.

»Ja, alles gut. Die Alte tut mir leid, das ist alles.«

»Leid?« Tom sah sie entgeistert an und schraubte an seiner Kamera herum. »Wie kann dir so jemand leidtun? Das ist die moderne Stasi, das sag ich dir. Die hat nichts Besseres zu tun, als den ganzen Tag am Fenster rumzulungern und Passanten zu beobachten. Ich wette, die kann dir ein perfektes Psychogramm von allen liefern, die mal um sie herum gewohnt haben. Bestimmt hat sie ihnen allen hinterhergeschnüffelt, ihre Gespräche im Treppenhaus belauscht. Nee, geschmacklos ist das, wenn du mich fragst.«

»Ich weiß nicht.« Penny zuckte mit den Schultern und versuchte mit aller Kraft, ihr Auto in den zweiten Gang zu zwingen, lautes Knirschen war die Antwort. Wenn sie sich nur nicht so müde und schlapp fühlen würde. »Stell dir vor, das ist dein einziger Lebensinhalt. Das ist doch traurig.«

»Nee, nee.« Tom schüttelte heftig den Kopf. »Tut mir leid, dafür hab ich absolut kein Verständnis. Neugierige alte Schachtel, die alles petzt, was sie sieht, nee, echt nicht.«

Er klang aggressiv und beinahe wütend. Komisch, dachte Penny einen Augenblick lang. Warum regt er sich so auf?

»Alles klar«, murmelte sie. »Komm mal wieder runter.«

Ihr Kopf tat weh. Es dauerte immer eine Weile, bis sich ihr Körper an die Erhöhung der Tablettendosis gewöhnt hatte. Sie fühlte sich zwar nicht mehr so benommen wie noch gestern Abend, sie wusste jedoch aus eigener Erfahrung, dass sie den kleinen Ausflug in die »Freiheit« teuer würde bezahlen müssen, wenn sie sich in einer manischen Phase befand. Aber noch schlimmer war die Wehmut, die sie empfand, wenn der »große Rausch« vorbei war. Es hinterließ eine Leere. Sie vermisste die großen Emotionen, die Ideen, von denen sie übersprudelte, das Gefühl von Glück und Einzigartigkeit. Es machte süchtig, und das war das Problem.

Du bist so eine dämliche Kuh, schimpfte sie sich selbst. Was genau hast du damit erreichen wollen, hä? Wann wirst du endlich akzeptieren, dass du ohne die Dinger nicht gut und normal leben kannst? Wie oft musst du noch auf deinem Hintern landen, damit ein »einsichtiger Patient«, wie Dr. Pruwe es nennt, aus dir wird? Wie oft noch?

»Es ist grün«, sagte Tom neben ihr, und Penny erschreckte sich.

Reiß dich zusammen, dachte sie und gab Gas. Reiß dich, verdammt noch mal, zusammen!

Kapitel 33

»Wir können es nicht bringen.«

Penny verdrehte die Augen. »Max! Es ist eine gute Story, und sie ist exklusiv! Seit wann lässt du dir so etwas durch die Lappen gehen?«

Es war nicht zu fassen, sie hatte alles gegeben, in Windeseile hatte sie den Artikel zusammengeschrieben, und er war mehr als gut gelungen! Abgesehen davon war es das einzige Interview einer Zeugin im Fall des Irren, der gerade in vorweihnachtlicher Stimmung Leute abschlachtete, und Max wollte es nicht! Es war zum Haareausreißen!

»Wir haben Kriminalhauptkommissar Pfeiffer unser Wort gegeben, dass wir nur tun, was er uns sagt.«

Es war stickig im Konferenzraum, von draußen sickerten die Strahlen der trüben Straßenbeleuchtung herein, und dicke Schneeflocken schossen aus der Dunkelheit auf das hell erleuchtete Fenster zu und klatschten gegen die Scheibe. Penny hatte die Schnauze voll und wollte heim. Aber selbst das ging nicht, sie musste wie ein braves Hündchen mit ihrem Babysitter Max zu ihm nach Hause trotten, allein die Vorstellung machte sie verrückt.

»Seit wann tust du, was man dir sagt? Wirst du alt, Max? Keine Eier mehr?«

Er lehnte sich zurück, ein massiger ruhiger Fels, und ihr war klar, sie hatte keine Chance.

»Ändere bitte deinen Ton.«

»Jawohl!« Penny schlug die Hacken zusammen und salutierte.

Sie wusste, sie benahm sich kindisch, doch sie war erschöpft. Sie hätte heulen können. Sie hatte viel Arbeit in den Artikel gesteckt, und der vorwurfsvolle Blick von Frau Meis verfolgte sie noch immer. Sie verstand nicht, was in Max vorging.

Er verschränkte die Arme vor der Brust und betrachtete sie wütend. »Denk mal einen Schritt weiter, Penny. Es gibt Grenzen, auch für uns Journalisten. Hier läuft ein Verrückter herum, falls es dir noch nicht aufgegangen sein sollte, und er bringt mit Begeisterung Menschen um. Hast du mal nachgezählt? Drei Opfer in drei Tagen. Was passiert, wenn die Polizei ihn nicht schnell fasst? Zähl mal hoch bis Weihnachten, dem Fest der Liebe! Nein danke, ich spiele ihm in keiner Weise in die Hände, indem ich mich nicht an die Vereinbarungen mit der Polizei halte, das kommt gar nicht infrage. Nein.« Er schüttelte entschlossen den Kopf, und die dichten, grau melierten Locken auf seinem Kopf wackelten hin und her.

»In dem Artikel steht nichts, was die Polizei nicht schon weiß!«

»Darum geht es nicht.«

»Und warum nicht, wenn ich fragen darf? Welches große Geheimnis plaudern wir aus, das den Ermittlungen schaden könnte?«

»Das weiß ich nicht, ich bin zum Glück kein Polizist!«

Penny kaute an ihrem Daumennagel und starrte Max wütend an. Sie blitzte ihn unter ihrem unregelmäßig geschnittenen Pony an, sie ging eigentlich nie zum Friseur, sie war der Meinung, ihre Nagelschere müsste reichen.

»Nein«, stieß sie hervor. »Das wäre auch nichts für dich, das ist nämlich kein Job für alte, fette und bequeme Feiglinge.«

Max' Gesicht zog sich wie unter Schmerzen zusammen.

»Ich würde vorschlagen, du beruhigst dich mal ein wenig«, sagte er kühl.

»Und ich würde vorschlagen, du erinnerst dich daran, was du mal warst und was aus euch geworden ist! Wolltet ihr nicht gegen das System kämpfen und so weiter? Bla, bla, guckt euch doch mal an, was aus euch geworden ist. Herbert säuft, meine reizende Mutter ist in einer Nacht-und-Nebel-Aktion abgehauen, und du hast es dir hier bequem gemacht in deinem Chefsessel und lässt es dir gut gehen und bist dabei so angepasst und so ein Teil dieses Systems geworden, dass einem schlecht wird, wenn man dir dabei zusieht.«

»Du weißt gar nicht, wovon du da redest, Penny! Du warst damals ein kleines Kind!«

»Aber nicht klein genug, als dass ich mich an eure Tiraden nicht erinnern könnte. Wir verändern das System von innen heraus. Das hast du auf unserem Sofa verkündet, ich weiß es noch ganz genau, ich hab nämlich auf deinem Schoß gesessen. Und wie hingerissen sie alle gewesen sind! Und was ist aus ihnen geworden? Lächerlich habt ihr euch gemacht, einfach nur lächerlich!«

Die Tränen standen ihr plötzlich in den Augen, und sie wusste selbst nicht, warum. Waren es Tränen der

Wut? Auf wen? Auf Max, den gutmütigen Max, der immer für sie da gewesen war? Auf ihre Mutter? Auf Herbert, der sich auch noch den letzten Rest seines Verstands wegsoff, auf dass sie bald ganz allein sein würde? Was war nur los mit ihr?

Max sah mit einem Mal um Jahre gealtert aus.

»Ich würde sagen, Penny, du gehst jetzt schon mal zu mir, wie wir es vereinbart haben. Du scheinst mir noch nicht wieder ganz du selbst zu sein, ich kümmere mich um die erste Seite und komme dann nach.«

»Vergiss es.«

Penny zerrte ihren Parka vom Stuhl und zog ihn über. »Ich bleibe heute Nacht nicht bei dir, das kannst du vergessen!«

»Wir hatten eine Vereinbarung!«

»Die hiermit gelöst ist.«

Penny rauschte hinaus und knallte die Tür hinter sich zu. Sollte er doch versuchen, sie wieder einweisen zu lassen! Frau Dr. Pruwe kam in zwei Tagen aus den Skiferien zurück, und dann würde sie ihr alles erklären. Und wenn sie sie überzeugen konnte, konnte kein Max der Welt etwas dagegen unternehmen, sie würde sich nicht weiter wie ein Kind behandeln lassen, schon gar nicht von ihm!

Als sie draußen im Schnee vor der Redaktion stand, fiel ihr ein, dass sie ihren Schlüssel zu ihrer Wohnung bei Max hatte liegen lassen.

Kapitel 34

Herbert ließ das kühle Bier in großen, langen Schlucken die Kehle hinunterrinnen. Er hatte aufgehört zu zählen, das wievielte es war. Als er sich eine Zigarette anzünden wollte, das verfluchte Ding verschwamm vor seinen Augen, sodass er die Spitze mit der Flamme einfach nicht treffen wollte, merkte er, wie betrunken er wirklich war.

Der Brief, der vor ihm auf dem Tisch lag, war mittlerweile völlig durchweicht von den vielen Bierflaschen, die er darauf abgestellt hatte. Die blöde Ziege! Was bildete sie sich eigentlich ein? Seit neunzehn Jahren lebte er jetzt in der Wohnung, und er hatte seine Miete noch immer bezahlt! Penny hatte hier einen Großteil ihrer Kindheit verbracht. Er hatte hier glückliche Zeiten mit Paula verlebt, das hier war sein Zuhause! Und nun drohte sie tatsächlich, ihn vor die Tür zu setzen, und das nur, weil er mit drei Mieten in Verzug war. **Wiederholt** in Verzug war. Fett geschrieben und unterstrichen. Na und? Das war nicht das erste Mal, ja, doch das bewies schließlich, dass er das Geld irgendwann auftreiben konnte. Warum verstand die gute Frau Kork das nicht? Er würde sie schon wieder beruhigen. Sobald er eine Miete zusammenhatte, würde sie weich werden, ganz sicher würde sie das.

Warum klingelte sein Wecker eigentlich? Er war kaputt, er hatte sich schon ewig einen neuen kaufen wollen, jetzt klingelte das Mistding schon wieder.

Als er das Wummern an der Wohnungstür hörte, merkte er, dass es die Klingel gewesen war.

Penny sah ihn scharf an, nachdem er ihr geöffnet hatte und dabei fast mit der Schulter gegen die Wand geknallt wäre.

»Du stinkst«, sagte sie knapp und schob sich an ihm vorbei in den Flur. »Nach Schnaps.«

Herbert schlug die Tür hinter ihr zu und wollte etwas erwidern, aber sein Kopf fühlte sich dumpf an. Er hatte das Gefühl, sein Hirn würde in langsamen Bewegungen gegen seine Schädeldecke schwappen.

Er folgte seiner Tochter auf unsicheren Füßen ins Wohnzimmer. Sie ließ ihre große Tasche neben den Wohnzimmertisch gleiten und sah sich suchend um.

»Wo ist Irina?«

Herbert zuckte mit den Schultern und wollte etwas sagen, alles drehte sich jedoch, und er hatte Mühe, seine Zunge zu bewegen, sie gehorchte ihm nicht.

»Umso besser.« Penny ließ sich aufs Sofa fallen, auf dem Herbert gerade noch gesessen hatte, zog ihre Stiefel aus und warf sie neben sich auf den Boden.

»Ich schlaf heute Nacht hier, ist das okay?«

Herbert nickte nur und ließ sich wie ein Sack in den alten, abgewetzten Sessel neben dem Sofa plumpsen.

»Bier?«, brachte er mühsam hervor und deutete mit zitternder Hand Richtung Küche.

»Nee, danke. Meine Güte, du bist ja total voll.« Penny sah ihn angeekelt an und zog sich die Decke über die Beine, die über der Sofalehne hing.

Sie war dünn und ungewaschen.

»Ich gehe schlafen, wenn du nichts dagegen hast.«

Herbert hatte nichts dagegen. Wenn sie hier übernachten wollte, bitte sehr.

Außerdem konnte er den Gedanken nicht fassen, der ihm im Kopf herumgeisterte, er hatte sie etwas fragen wollen, doch er konnte sich nicht mehr daran erinnern, was es gewesen war. Wohnte sie nicht im Moment bei Max?

Irgendetwas kam ihm komisch daran vor.

»Ich hab mich mit Max gestritten«, sagte Penny und knuffte das Sofakissen aus braunem Samt zurecht. »Ich weiß, ich weiß, ich sollte bei ihm sein, er passt auf mich auf, aber wir haben uns gestritten. Ach, was erzähl ich dir das überhaupt, du bist so stinkbesoffen, du hörst mir eh nicht zu.«

Herbert spürte, wie jäh Wut in ihm hochstieg, er fühlte sich schlagartig nüchtern. Wie sprach sie eigentlich mit ihm? Schließlich war er immer noch ihr Vater.

»Pass auf, was du sagst«, erwiderte er mit schwerer Zunge.

Dann fiel ihm mit einem Mal wieder alles ein. Max hatte ihn angerufen und ihm ins Gewissen geredet, er solle sich gefälligst um seine Tochter kümmern, sie habe von allein die Medikamente abgesetzt, und er wisse ja, wie das das letzte Mal geendet hatte, seine Klugscheißerei ging ihm auf die Nerven.

»Oh, es spricht!« Penny sah ihn spöttisch an und gab es auf, das arme Kissen in eine bequeme Position befördern zu wollen.

»Pass auf, was du sagst«, wiederholte Herbert in schärferem Ton. »Krieg dich erst mal selber wieder ein.«

Einen Moment lang starrten sie einander missmutig an, dann seufzte Penny.

»Tut mir leid«, meinte sie. »Das war nicht nett.«

»Hm.« Herbert musterte sie und legte die Beine auf den Tisch. »Warum habt ihr euch gestritten?«

Penny hob die Schultern. »Ich hab 'ne Superstory, und Max will sie nicht bringen.«

Herbert runzelte die Stirn. »Warum nicht?«

»Sie ist ihm wohl«, Penny malte Anführungszeichen in die Luft, »zu riskant.«

»Warum riskant?«

»Sie ist heiß. Sie hat was mit der Mordserie zu tun, und Max will nicht die Verantwortung dafür übernehmen, dass irgendjemand oder der Täter selbst auf dumme Gedanken kommt, wenn er sie liest.« Penny schnaufte verächtlich. »Lächerlich, da steht eh nix drin, was die Polizei nicht längst weiß.« Sie rieb sich die Augen. »Ich würd jetzt echt gerne schlafen. Herbert, danke, dass ich hier pennen kann, ich bin ab morgen wieder in meiner Wohnung, versprochen.«

»Schon klar, Süße, du kannst hier schlafen, wann du willst.«

Herbert erhob sich mühsam aus seinem Sessel und löschte das Licht. Ein kleiner, hässlicher Gedanke hatte sich in seinem Kopf gemeldet und dafür gesorgt, dass der Rausch verflogen war. Ein hässlicher Gedanke, ja, vielleicht, aber er würde niemandem damit wehtun.

Er musste noch bei einem Bier darüber nachdenken.

Kapitel 35

Penny sah an Max' Gesichtsausdruck, dass etwas ganz und gar nicht stimmte, als sie die Tür zur Redaktion aufstieß. Dabei war sie pünktlich, oberpünktlich sozusagen, sie hatte sich morgens auf Samtpfoten aus Herberts gammeliger Wohnung geschlichen, ihr Kopf hatte gedröhnt von dem Gestank nach abgestandenem Zigarettenqualm und Mief. Sie hatte eigentlich beabsichtigt, sich bei Max für gestern zu entschuldigen, und beinahe gute Laune gehabt, als sie das Gebäude betreten hatte. Und das war schon lange nicht mehr der Fall gewesen. Die gute Laune war allerdings schlagartig verschwunden.

Alle starrten sie schweigend an. Auf ihrem leeren Platz lag ihr Schlüsselbund, den Max offenbar für sie mitgebracht hatte wie ein stummes, vorwurfsvolles Ausrufezeichen. Sein Hals, der sich über den Kragen seines Hemds wölbte, war knallrot und geschwollen.

»Was ist los?«, fragte sie und merkte, dass ihre Handflächen feucht wurden.

Gott, sah der sauer aus.

Max umrundete mit langen Schritten den Konferenztisch und pfefferte eine Zeitung direkt vor ihr auf die glänzend polierte Tischplatte. Penny konnte aus den Augenwinkeln sehen, wie die anderen, Emma voran, die ihr direkt gegenübersaß, den Atem anhielten.

Was war hier los? Das war nicht das *Tagesblatt*, das war der *EXPRESS*. Sie konnte die Überschrift entziffern.

Zeugin spricht: Ich habe den Serienmörder mit eigenen Augen gesehen.

Das durfte nicht wahr sein! Penny kannte die Kollegen vom *EXPRESS*, sie waren gut und schnell, aber wie, zum Teufel, waren sie an das Interview von Frau Meis gekommen? Hatte sie vielleicht auch beim *EXPRESS* in der Redaktion angerufen und das Interview angeboten, aus Wut darüber, dass das *Tagesblatt* ihren Namen nicht wie versprochen drucken würde? Nein, das konnte nicht sein, Tom und sie hatten sie abends besucht, es wäre keine Zeit gewesen für ein weiteres Interview. Obwohl ...

Wer weiß? Sie griff mit bebenden Händen nach der Seite. Nein, es war ihr eigener Artikel, Wort für Wort, kein Zweifel. Wie betäubt ließ sich Penny auf die Tischkante sinken.

»Wie ... was ...?«, stammelte sie. »Wie kann das sein?«

»Das würde ich auch gerne wissen«, zischte Max, und sie konnte den Morgenkaffee in seinem Atem riechen, so nah war er ihrem Gesicht.

»Ich ... ich war das nicht«, stotterte Penny. »Ehrlich, ich schwöre, ich habe mit niemandem gesprochen!«

Sie spürte, wie sie wütend wurde. Was dachte er eigentlich von ihr? Dass sie aus Trotz ihren eigenen Artikel an die Konkurrenz verkaufen würde? Sie griff noch einmal nach der Seite, tatsächlich, da stand ihr Name drunter! Plötzlich fiel es ihr wie Schuppen von den Augen. Nein, das konnte nicht wahr sein! Das würde er nicht machen! Und wenn er noch so pleite war und bis zum Hals in Schulden steckte, das würde er seiner eigenen Tochter nicht antun. Im selben Moment wusste sie, dass er es sehr wohl tun würde. Er hatte es eben getan.

»Herbert«, flüsterte sie, und ihre Fingerknöchel wurden weiß, als sie das Papier in ihrer Hand zerknüllte.

»Max«, sagte sie laut und deutlich.

Er starrte sie entgeistert an.

»Dürfte ich dich mal kurz sprechen, unter vier Augen?«

Kapitel 36

»Also«, Kriminalhauptkommissar Pfeiffer ließ die Hände mit einem lauten Klatschen auf die Tischplatte fallen, »fassen wir mal zusammen, was wir haben.«

Am Ende des Konferenzraums war eine große Pinnwand aufgestellt, darauf geheftet waren die Fotos der Opfer in der Reihenfolge, in der man sie gefunden hatte. Das mürrische und feindselige Gesicht der Prostituierten, der man ansehen konnte, dass sie mal eine hübsche Frau gewesen sein musste, mit blondem Haar und großen braunen Augen. Aber auf dem Polizeifoto, das aufgenommen worden war, nachdem sie mit Alkohol am Steuer erwischt worden war, sah sie aufgequollen und müde aus. Die Lider waren geschwollen, ihre Haut war fahl, und am Haaransatz wuchs das blonde Haar unter dem feuerrot gefärbten Schopf ungepflegt nach.

Charlene Walter, »Cheryl«, stand darunter. *Todeszeitpunkt etwa 11 Uhr, Todesdatum: 19. Dezember, Todesursache: Herzstillsand durch Stich in die linke Herzkammer.*

Das zweite Opfer, die junge Mutter, die mit gespaltenem Schädel in ihrer Wohnung entdeckt worden war, neben ihrem geschundenen Körper die dreijährige Tochter, die mittlerweile beim Vater untergebracht war, lachte mit weit geöffnetem Mund und wachen Augen in die Kamera. Sie war sorgfältig geschminkt, ihre Zähne leuchteten in einem strahlenden Weiß. Ihr gepflegtes Äußeres und ihr sorgloses Lachen standen in krassem Kontrast zum Foto des ersten Opfers.

Name: Sophie Wellenstein. Todeszeitpunkt etwa 8 Uhr, Todesdatum: 20. Dezember, Todesursache: Verbluten durch Durchtrennen der Halsschlagader, Zertrümmerung der Schädeldecke.

Das dritte Bild zeigte das Bewerbungsfoto des Praktikanten Florian Schuster, das das *Tagesblatt* ihnen zur Verfügung gestellt hatte. Ein junges Gesicht, sympathisches, beinahe schüchternes Lächeln und ein sorgfältig gekämmter Seitenscheitel. Das perfekte Bewerbungsfoto eben. Darunter stand, ebenfalls mit schwarzem Edding auf die weiße Unterlage geschrieben:

Todeszeitpunkt etwa 23 Uhr, Todesdatum: 22. Dezember, Todesursache: Zertrümmerung der Schädeldecke.

Pfeiffer räusperte sich und wartete so lange, bis Ruhe im Raum eingekehrt war. Es war nicht leicht, die Truppe, die vor ihm saß, zu mobilisieren. Es war kurz vor Weihnachten, und die Kollegen waren, um es vorsichtig auszudrücken, fix und fertig. Polizist zu sein, war an sich schon ein anstrengender Beruf, gerade in der Mordkommission, auch wenn die meisten von ihnen ihren Job gerne machten. Aber es war ein anstrengendes Jahr gewesen mit allen Höhepunkten an

Gewalt, die Berlin zu bieten hatte, vom 1. Mai angefangen über die unendlich vielen Demonstrationen, Besuche von irgendwelchen Staatsoberhäuptern mit den unvermeidlichen Protesten, die damit einhergingen, Krisengipfel und bis zu den unzähligen Verbrechen, die in der Stadt Jahr für Jahr mit beunruhigender Regelmäßigkeit so nebenher bearbeitet werden mussten. Dieses Jahr, 1996, schien ein blühendes für Verbrecher gewesen zu sein, eine immens hohe Zahl an Straftaten konnte Berlin verzeichnen, die Mordrate war in den vergangenen Jahren von 78 auf 81 angestiegen, bereits im letzten Oktober waren 81 Tote gezählt worden, und nun schien dieser Wahnsinnige die Zahl noch weiter nach oben drücken zu wollen. Pfeiffer stand der Schweiß auf der Stirn, der Polizeipräsident begann langsam Druck zu machen, dem Serienmörder auf die Spur zu kommen, und nun dieses total vom Schema abweichende dritte Opfer.

»Fassen wir zusammen, was wir haben«, wiederholte er, nachdem er sich vergewissert hatte, dass sich die abgekämpften Gesichter ihm und der Pinnwand hinter ihm zugewandt hatten. »Ich weiß, dass ihr müde seid.« Er straffte sich. »Ich weiß, dass ihr ein anstrengendes Jahr hinter euch habt und dass Weihnachten vor der Tür steht. Und ich weiß, dass eure Familien meutern, weil sie wenigstens in der Adventszeit ein wenig Zeit mit euch verbringen möchten.« Er machte eine Pause und lächelte aufmunternd, soweit es ihm gelang. »Ich weiß auch, dass ihr hin und wieder die Schnauze voll habt von diesem Job, der manchmal so undankbar sein kann, und ich weiß genau so gut wie ihr, dass wir einen

Serienmörder so kurz vor Weihnachten so gut gebrauchen können wie Scheiße am Schuh.«

Ein müdes Auflachen ging durch die Runde, und er war froh, dass er zumindest irgendeine Reaktion bekam.

Er wusste genau, wie sie sich fühlten. Wie sehr hatte ihm Claudia im Nacken gesessen, damals, als er noch so etwas wie eine Ehe und ein normales Zuhause gehabt hatte, aber das war den Bach runtergegangen, und er dachte längst nicht mehr darüber nach, ob Estelle, seine aktuelle Flamme, das war, was er sich einst in seinen kühnsten Jugendträumen ausgemalt hatte. Ja, sie hatte wunderschöne Beine, sie stand ihm zur Verfügung, wann immer ihm danach war, doch er war kein Dummkopf, am meisten liebte sie an ihm sein Beamtengehalt, und seit sie mit ihrem verführerischen französischen Akzent in sein Leben getreten war, schmolz es wie Eis in der Sonne.

»Also, beißen wir die Zähne zusammen und versuchen, dem Scheißkerl so schnell wie möglich auf die Schliche zu kommen, damit wir Weihnachten friedlich mit unseren Liebsten unter dem Weihnachtsbaum sitzen und uns volllaufen lassen können.«

Zustimmendes Gemurmel.

»Also, ich fasse zusammen, was wir haben. Ich würde ja mit dem Gute-Nachricht-Schlechte-Nachricht-Spielchen anfangen, Tatsache ist jedoch, dass wir nur schlechte Nachrichten haben, und ich will sie euch gar nicht erst als etwas anderes verkaufen. Wir haben drei Opfer, zwei Frauen mittleren Alters, beide Mütter, und damit hören die Gemeinsamkeiten auch schon auf. Das dritte Opfer ist männlich, jünger als die ersten und kinderlos. Alle drei wurden auf unterschiedliche Weise getötet. Opfer Nummer eins, die Prostituierte Cheryl, mit bürgerlichem Namen Charlene Walter, wurde mit einem Messer regelrecht aufgeschlitzt, Opfer Nummer zwei, der jungen Mutter Sophie Wellenstein aus Charlottenburg, wurde zuerst die Halsschlagader durchtrennt und dann mit einem scharfen Gegenstand der Schädel gespalten. Und Opfer Nummer drei, der dreiundzwanzigjährige Florian Schuster, wurde mit einem Gegenstand hinterrücks erschlagen, wir vermuten, dass es ein Ziegelstein war.«

»Wie passt Nummer drei rein?«, fragte Werfel, ein alter Hase, der Pfeiffer begleitete, seit er seinen Dienst angetreten hatte. Er kannte ihn sein halbes Leben lang und vertraute ihm blind.

»Die Briefe.« Er hob mehrere durchsichtige Beweismittelbeutel mit den Zetteln hoch, die bei den Opfern gefunden worden waren.

»Wie ihr wisst, sind sie an Frau Kalunke adressiert, ihres Zeichens Redakteurin beim *Tagesblatt*. Wir haben auch bei Opfer Nummer drei, Florian Schuster, eine dieser Botschaften gefunden. Leider hilft der Inhalt uns keinen Deut weiter. In Brief eins und zwei hat der Mörder weitere Morde angekündigt, mit dem Wortlaut *Das ist erst der Anfang* und *Es ist noch nicht vorbei*, und in Brief drei, der wieder an Frau Kalunke adressiert ist, steht nur *Sorry*.«

»Sorry?« Tanja Markwart war jung, hübsch und hatte hellrotes Haar, das ihr sympathisches Gesicht einrahmte. »Entschuldigung«, sie hüstelte verlegen, »was soll das bedeuten?«

»Wenn ich das wüsste, Tanja. Es klingt so, als hätte er außerhalb seines Schemas gehandelt, als würde er sich im wahrsten Sinne des Wortes dafür entschuldigen, dass Florian Schuster sein Leben lassen musste.«

»Ein Unfall?« Werfel lehnte sich auf seinem Stuhl zurück und sah Pfeiffer abwartend an.

»Ich weiß es nicht. Gabi?« Pfeiffer blickte zu einer verhärmt aussehenden Frau in mittleren Jahren mit dünnem blondem Haar und einem scharfen Zug um den Mund.

Gabi Becker hatte eine feste Stimme, die so gar nicht zu ihrem zarten Aussehen passen wollte. »Mein erster Gedanke war auch, dass es sich um eine spontane Tat handeln könnte, ein Ziegelstein als mögliche Tatwaffe spricht dafür. Der Mörder hat ihn wohl auf der Baustelle in der Friedrichstraße gefunden. Und natürlich die Tatsache, dass sich das dritte Opfer in fast allem von den ersten beiden unterscheidet. Aber ...«

Sie machte eine Pause und hustete unterdrückt. Sie war nicht die Einzige im Raum, die schniefte und nieste, die langen kalten Wochen hatten einer Unmenge von Viren die Möglichkeit gegeben, sich fleißig zu vermehren. Beinahe eine Drittel seiner Mitarbeiter lag flach.

»Aber«, fuhr Gabi fort, »es war der Brief, der mich davon überzeugt hat, dass es keine spontane Tat gewesen ist.« Sie stand auf, ging auf die weiße Pinnwand zu, nahm sich einen dunkelblauen Folienstift und schrieb auf die Tafel. Der Stift quietschte über den Kunststoff. »Ich gehe von einem Einzeltäter aus. Männlich, zwischen zwanzig und vierzig.«

Die Worte »*männlich*«, »*mittelalt*« und »*Einzeltäter*« erschienen auf der Pinnwand.

»Ich vermute, dass er ledig ist und ein grundsätzliches Problem mit Frauen hat. Das kann ein alter Mutterkomplex sein, oder er ist von seiner Frau oder Freundin schlecht behandelt oder verlassen worden, das ist nicht genau zu sagen, doch meine Einschätzung zielt Richtung Rache. Rache und Vergeltung, irgendjemand soll dafür zur Rechenschaft gezogen werden, worunter er gelitten hat, und eindeutig ist das eine Frau gewesen.«

Sie machte erneut eine Pause und blickte in die Runde. Das Interesse ist zumindest geweckt, dachte Pfeiffer, wenn es auch noch mäßig ist.

»Meine Hypothese, warum ich glaube, dass Florian Schuster nicht aus dem Affekt getötet worden ist, liegt in der knappen Notiz begründet, die der Täter hinterlassen hat. Der Mord scheint ihm beinahe unangenehm zu sein, er entschuldigt sich dafür, dass Florian sterben musste, ganz im Gegensatz zu seinen anderen Opfern, deren Tod er nicht nur in Kauf genommen, sondern ganz bewusst herbeigeführt hat. Er ist ein planender Mörder, sorgfältig, vorsichtig, keine DNA-Spuren am Tatort, keine Zeugen, mit Ausnahme eines Kleinkinds, das ihn nicht verraten kann. Dieser Täter ist nicht impulsiv und lässt sich nicht zu einer unüberlegten Handlung hinreißen. Wäre das der Fall und hätte er Florian Schuster im Affekt getötet, hätten wir etwas gefunden, irgendetwas, aber das ist nicht der Fall. Und das«, sie hustete erneut, und Tränen traten ihr in die Augen, »das ist meiner Meinung nach der Punkt, an dem wir ansetzen müssen. Warum musste Florian sterben?«

Sie nahm wieder Platz, und einen Moment lang war es still im Raum.

Erst jetzt registrierte Pfeiffer das Chaos, das sich seinen Augen bot. Der lange Konferenztisch war mit leeren Pizzakartons und Pappbechern übersät, die Luft war abgestanden und roch muffig nach nasser Wolle und Müdigkeit.

»Danke, Gabi.« Er erhob sich wieder von seinem Stuhl und klatschte in die Hände. »Ihr habt gehört, was unsere Psychologin gesagt hat, an welchem Punkt wir ansetzen sollten. Werfel, du überprüfst bitte Florian Schusters Hintergrund. Gibt es Vorstrafen und so weiter, das Übliche halt, und ich werde mich mit seinen Eltern unterhalten. Die anderen, die noch nicht anderweitig beschäftigt sind, finden etwas über sein direktes Umfeld heraus, Freunde, Bekannte, Freundin, ihr wisst schon. Morgen Nachmittag treffen wir uns früher als üblich, sagen wir, um drei, und dann will ich Ergebnisse sehen, verstanden? Los, Leute, je schneller wir arbeiten, desto schneller können wir nach Hause. Danke!«

Der Raum leerte sich unter leisem Gemurmel.

Kapitel 37

Sie konnte nicht aufhören zu heulen. Wie peinlich war das denn! Die Leute an den Tischen guckten schon die ganze Zeit verstohlen zu ihr herüber, aber sie konnte nichts dagegen tun, die Tränen liefen und liefen, und ihre Nase lief noch dazu. Sie angelte sich eine Serviette aus dem Spender und putzte sich damit den Rotz ab.

»Scheiße«, sagte Lola.

Jennifer konnte ihr nur beipflichten. »Allerdings.«

»Bist du dir ganz sicher?«

Jennifer verdrehte die Augen. Natürlich war sie sich sicher. Sieben Tests hatte sie insgesamt gemacht, weil sie die Hoffnung nicht aufgeben wollte, dass sie sich doch vertan hatte oder dass irgendwas anderes dahinterstecken könnte, vielleicht eine Stoffwechselkrankheit. Sie hatte mal irgendwo gelesen, dass bestimmte Hormone im Körper einen Schwangerschaftstest verfälschen konnten, aber, ach was, sie war schwanger, so sah es aus.

Der ranzige Geruch von Frittenfett stieg ihr in die Nase, und ihr wurde wieder übel. Eigentlich mochte sie den *McDonald's* am Zoo, hier traf sie sich immer mit Lola nach der Schule und eigentlich auch mit Uli, der hatte sich nach der tollen Nachricht, dass er Vater werden würde, allerdings nicht mehr bei ihr gemeldet.

»Scheiße«, wiederholte Lola und schob sich die pink gefärbte Strähne hinters Ohr.

Ihre Fingernägel waren neu lackiert, und Jennifer konnte nicht umhin, neidisch zu werden. Die Brillantsplitter sahen hammermäßig aus auf dem Lila, nur sie hatte gerade wirklich andere Sorgen.

»Und jetzt?«

Jennifer zuckte mit den Schultern, und die Tränen schossen ihr erneut in die Augen. Das war saupeinlich.

»Was hat Uli gesagt?«

»Na, nix natürlich.«

»War klar.« Lola machte ein wichtiges Gesicht und sog an ihrem Strohhalm, der in dem riesigen Colabecher steckte. »Arschloch. Auf den kannste nicht zählen.«

»Weiß ich auch.« Jennifer putzte sich noch einmal lautstark die Nase und warf die Haare über die Schultern zurück.

»Und deine Alte?«

»Pah. Die ist meistens bei ihrem neuen Typen, ich hab's ihr noch nicht gesagt.«

»Hm.« Lola runzelte die Stirn und sog ein weiteres Mal an ihrem Strohhalm. »Ist vielleicht besser so. Was machste denn nu?«

»Was weiß ich?«

»Du willst es nicht kriegen, oder?«

»Ich weiß nicht!« Sie fing schon wieder an zu heulen. Das waren bestimmt die bescheuerten Hormone! Das war ja bekannt, dass die Frauen dann durcheinander waren.

»Und ausgerechnet jetzt, wo ich die Zusage von *Moni Hair* hab.«

Sie hatte elf Bewerbungen rausgeschickt, bei *Moni Hair* könnte sie nach der Mittleren Reife anfangen. Sie hatte sich alles genau überlegt. Dann könnte sie endlich raus von zu Hause, ein eigenes Zimmer, und sie konnten sie alle mal am Arsch lecken. Sie müsste ihre Mutter nicht mehr ständig meckern hören und nicht mehr auf ihre Geschwister aufpassen. Außerdem konnte sie den neuen Kerl von ihrer Alten nicht ausstehen, er grinste sie immer so dämlich an, Tilman! Scheiße, was war das eigentlich für ein Name? Und eklig war er auch, mit seinem fetten Bauch und den Schweißflecken unter den Armen. Nee, danke, sie wollte nur weg da. Mit Baby am Bein könnte sie die Lehre nicht machen, sie müsste daheim wohnen bleiben, nein, das ging nicht, auf gar keinen Fall.

Aber, auf der anderen Seite, irgendwie hatte sie das Gefühl, das kleine Ding in ihr gehörte schon ein bisschen zu ihr. Sie mochte kleine Kinder total gerne und hatte immer gesagt, dass sie mal welche haben wollte, auch wenn ihre Mutter ständig rumjammerte, was für eine Arbeit sie ihr aufhalsten. Doch als Maddy geboren worden war, hatte Jennifer sie mit sich herumgetragen und sie gewaschen und gefüttert, und sie war so süß gewesen, wenn sie sie angelacht hatte, und ihr kleiner Kopf hatte so gut nach Milch geduftet.

»Ich könnte es ja zur Adoption freigeben«, sagte sie leise und rührte mit einer Pommes im Ketchup. »Gibt ja 'ne Menge Leute, die keine Kinder kriegen können.«

»Bist du irre?« Lola riss die dunkel geschminkten Augen auf und starrte Jennifer an. »Und dann mit dickem Bauch in die Lehre? Das kannste total vergessen, echt.«

»Vielleicht mach ich die Lehre erst, wenn das Baby da ist«, antwortete Jennifer trotzig und verschränkte die Arme vor der Brust.

»Und wenn sie dich dann nicht mehr nehmen?« Lola schüttelte energisch den Kopf. »Nee, Süße, so 'ne Chance bekommst du nur einmal. Du bist bescheuert, wenn du das wegen dem Balg aufs Spiel setzt.«

Sie hatte ja recht. Jennifer wusste genau, dass sie recht hatte. In ihrem Leben war kein Platz für ein Baby, sie war gerade sechzehn, und niemand würde ihr helfen. Sie würde ganz allein dastehen, und sie hatte Angst, dass sie das Baby nicht würde hergeben können, wenn es erst mal da war. Und *Moni Hair* war echt ein cooler Laden, alle hatten sie beneidet, als sie erzählt hatte, sie würde da anfangen.

Und dann? Dann wäre sie ein Außenseiter, niemand von ihren Freundinnen hatte ein Kind, alle hatten schon mal abgetrieben. Lola sogar schon zweimal und sie hatte das ganz easy genommen, als wäre nix gewesen. Sie war nur zwei Tage krankgeschrieben gewesen, und als sie wieder in die Schule gekommen war, war sie blass gewesen, und sie hatten nie wieder darüber gesprochen. Jennifer war die Einzige, die es wusste. Und wenn sie das Kind kriegen würde, sah sie sich schon allein abends auf der Couch sitzen, während ihre Freunde feiern gingen.

Ihre Mutter würde bestimmt nicht auf das Baby aufpassen.

»Komm mir bloß nicht mit 'nem Balg nach Hause«, hatte sie gemeint, als Jennifer dreizehn geworden war. »Ich werde mich nicht drum kümmern, das sag ich euch gleich.«

Nein, sie wäre total auf sich gestellt. Sie würde das nicht schaffen, auf gar keinen Fall würde sie das schaffen, niemals.

»Los, Süße.« Lola zupfte sie am Jackenärmel und tät-schelte ihr dann aufmunternd die Wange. »Ich hab ’ne super Adresse in der Nähe vom KaDeWe. Die nervt nicht lange rum, und das tut auch nicht weh. Ein, zwei Tage und du bist wieder auf den Beinen, echt! Ich komm auch mit zu *pro familia*, und dann ist das ruck-zuck vergessen, okay?« Sie lächelte ihr zu. »Guck mich an, ich bin das beste Beispiel dafür, dass das Leben wei-tergeht, oder?«

Jennifer lächelte schwach zurück.

»Und jetzt«, sagte Lola, fegte die Pommeskrümel von ihrer Jeans und erhob sich, »jetzt gehen wir erst mal eine rauchen. Das hast du dir auf den Schreck ver-dient.«

Kapitel 38

Sie hatte verweint ausgesehen, aber er hatte keine neuen blauen Flecke in ihrem Gesicht entdecken können. Doch es war schon dämmrig draußen, als der Vater mit ihr heimkam, also konnte er nur einen Blick auf ihr kleines Gesicht werfen. Er musste vorsichtig sein, das wusste ja jedes Kind, dass es den Täter immer an den Ort des Geschehens zurückzog. Auch wenn das in seinem Fall nicht ganz stimmte. Ja, es war ein ungeheuer erhebendes Gefühl gewesen, die alte Schlampe zusammenbrechen zu sehen, das letzte Flackern in ihren sorgfältig geschminkten Augen und die Verwunderung in ihren Zügen, als sie begriffen hatte, dass sie sterben musste und nicht wusste, warum. Nein, das war zwar berauschend gewesen, allerdings nicht der Grund, warum er hier war. Er wollte wissen, ob es dem kleinen Mädchen besser ging, und nun konnte er beruhigt nach Hause.

Es hatte sich fest in den Arm des Vaters geschmiegt, als der versucht hatte, mit der freien Hand den Schlüssel aus seiner Jackentasche zu fischen, um die Wohnungstür aufzuschließen. Und sie sahen wie eine Einheit aus, miteinander verschmolzen, geborgen wirkte sie, nein, um dieses kleine Kind brauchte er sich nicht mehr zu sorgen, mit seiner Hilfe war sie in Sicherheit. In Sicherheit. Seine Wut war heruntergekühlt, als er die beiden beobachtet hatte, das hatte jedoch nicht lange angehalten.

Die Schlagzeile des *Tagesblatts* machte ihn sprachlos. »Serienkiller« nannten sie ihn! Kapierten sie nicht, was er da tat? Kapierten sie nicht, dass er derjenige war, der die kleinen, hilflosen Wesen rettete aus unmenschlichen Verhältnissen, sie erlöste von ihren Peinigern, weil sie sich selbst nicht helfen konnten? Aber sie konnten ihn nicht aufhalten! Wie er sie verabscheute, wie sie alle ihrem Leben, ihren Jobs nachgingen, ihre Familien und letztlich nur und ausschließlich sich selbst im Sinn hatten und die stummen Schreie der Kleinsten nicht hören wollten. Und noch schlimmer, manchmal waren sie sogar der Grund dafür. Wenn er sich gewehrt hatte, hatte seine Mutter die festen, dicken Stricke aus der Garage geholt, mit dem der Gärtner hin und wieder die Sträucher und Bäume im Garten festzurrte, damit sie in die richtige Richtung wuchsen, sogar die Pflanzen unterwarf sie ihrem Willen.

Er konnte ihre schrille Stimme bis hinunter in den Heizungsraum hören, in dem die Luft so warm und trocken war, dass sie knisterte. Wenn der Vater ihn an das Gitter des Fensters band, sodass er nicht richtig sitzen und nicht richtig stehen konnte, ließ er den Blick aus dem Kellerfenster nach oben gleiten, zu dem kleinen Rechteck Himmel, das er von dort aus sehen konnte. Er träumte sich weg von dem schmerzenden Körper und der Kälte seiner Mutter, die mehr wehtat als alle wund gescheuerten Handgelenke der Welt oder die blauen Flecke an seinem Körper, die manchmal so anschwollen, dass er dachte, sie würden aufplatzen.

Der Vater war keine Hilfe, war er nie gewesen, er konnte nicht sagen, ob er jemals etwas mit ihm allein unternommen hatte, nicht einmal an ein längeres Gespräch mit ihm konnte er sich erinnern. Er war eigentlich immer weg gewesen, und anfangs war ihm auch gar nicht aufgefallen, dass er nicht mehr da war. Er war hin und wieder aufgetaucht und hatte das getan, was die Mutter gewollt hatte, vielleicht auch, damit sie bloß aufhörte zu zetern mit dieser schrillen Stimme.

Diese Stimme. Ihre Stimme machte ihn immer noch verrückt. Dieser ewig leidende Unterton. Konnte sie nicht normal reden, so wie jeder andere auch?

»Junge? Junge bist du da?«

Seufzend nahm er den Teebeutel aus der Tasse und ließ ihn auf den Unterteller fallen, der neben dem Wasserkocher stand.

»Junge?«

»Ich komme!«

»Hast du mir einen Tee gemacht?«

»Ich mache gerade deinen Tee!«

»Vergiss nicht, dass er nicht zu lange ziehen darf, hast du gehört? Du lässt ihn immer zu lange ziehen. So bitter mag ich ihn nicht, das weißt du genau.«

Er zerquetschte die Zuckertüte in seiner Hand und merkte kaum, wie die scharfe Papierkante in sein Fleisch schnitt und ein feiner Blutfaden an seiner Hand hinunterlief.

»Ich werde ihn nicht zu stark brühen, Mutter, versprochen.«

»Das hoffe ich! Das ist nicht gut für mein Herz!«

Schon wieder, das Herz. Das ewige Herz, wenn sie endlich ihr Gejammer wahrmachen und einfach verrecken würde. Vor Schreck schlug er sich selbst bei dem Gedanken auf den Mund. Wie konnte er nur? Was war er nur für ein Sohn! Sie hatte ihn zur Welt gebracht, unter größten Schmerzen und unter Lebensgefahr, wie sie immer wieder betonte, und sie hatte ihr ganzes Leben ihm und nur ihm geopfert.

Sie war einmal eine Schönheit gewesen. Die Fotos ihrer lang vergangenen Triumphe, als sie in diesem fernen Land, von dem sie so schwärmte, die Titelseiten geziert hatte, waren tatsächlich von berückender Schönheit. Wie er sie hasste. Sie erinnerten ihn daran, wie sehr sie ihn hasste. Ihn dafür hasste, was er aus ihr, ihrem Körper und ihrem Leben gemacht hatte. Ihr Hass kam durch die Wände, setzte sich triefend im Stoff seiner Kleidung fest, hing wie ein übler Geruch in seinem Haar. Er trug ihn immer mit sich herum, er bestand daraus.

»Wo bleibst du denn, Junge?«

Er gab sich einen Ruck und zog sich in sein Zimmer zurück, nachdem er ihr den Tee – vorsichtig balancierend, damit er ja nichts verschüttete – auf ihr Nachtkästchen gestellt hatte.

Die Nacht schien endlos. Der Mond stand am Himmel wie ein giftiges Insekt. Sie schlief nicht, er konnte ihr Atmen durch die Wand hindurch hören. Diese Nächte waren die schlimmsten. Dann quälte sie ihn. Mit ihrem rasselnden Atem. Mit ihrem Gekeife und ihren Tränen, ihren Entschuldigungen und ihren Beteuerungen, dass sie ihn liebte. Nur ihn und niemand anderen, und er wollte ihr so gerne glauben, wieder und wieder, dass es ihr leidtat, was sie ihm angetan hatte.

Er hatte seine Messer gewetzt. Sie lagen neben ihm aufgereiht auf dem wackeligen Tisch neben der Küchenspüle, und er hatte jedes einzelne geschärft und poliert. Er hatte sich selbst beigebracht, wie man das machte, und vor allem, was man damit tun konnte. Er würde vorsichtig sein müssen. Wenn sie endlich eingeschlafen war, würde er sich aus der Haustür schleichen. Etwas sagte ihm wieder klar und deutlich, dass er auf dem richtigen, dem wahren Pfad wandelte.

Das Blut an seinem Finger war getrocknet, der Stahl war wie Butter durch sein Fleisch geglitten, er hatte den Schmerz jedoch kaum gespürt. Alles war vorbereitet, und wenn er zurückkehren würde, würde er sie aufwecken und ihren Lieblingstee zubereiten, den mit den Wintergewürzen, und er würde zwei Stück Zucker hineingeben, so wie sie es am liebsten hatte. Und dann würde er ihr ein Schlaflied singen, und sie würden einen Moment lang so tun, als wären sie eine liebende Familie, so wie all die anderen, hintern den hell erleuchteten Zimmerfenstern, so wie die, zu denen er niemals gehören würde.

Kapitel 39

Max war schon gegangen. Das Gebäude wirkte seltsam leer in der Dunkelheit. Selbst auf der Straße vor der Redaktion war ihr niemand begegnet, auch Trenk nicht, der arme Teufel. Wahrscheinlich hatte er sich bei dieser Affenkälte irgendeinen U-Bahn-Schacht gesucht. Es war so klirrend kalt, und der arktische Wind pfiff ihr um die Ohren, niemand hielt sich länger als nötig im Freien auf. Gott sei Dank waren es ja noch wenige Tage bis Heiligabend, und wenn alle Stricke reißen sollten, konnte man sich ja Geschenke auch nach Hause schicken lassen.

Florians Platz sah so aus, wie er ihn vor zwei Tagen verlassen hatte. Penny hatte hin und wieder mit ihm zusammengearbeitet, er war erst seit Kurzem in der Redaktion gewesen, aber Praktikanten waren immer ganz nützlich, um ungeliebte Aufgaben zu erledigen. Einmal hatte sie ihn zu einer Geschenkeumfrage zu Weihnachten auf den Ku'damm geschickt, und er war mit ganz brauchbaren Antworten und ein paar netten Fotos wiedergekommen, die er mit seiner eigenen Kamera gemacht hatte. Er war eigentlich ein netter Kerl gewesen.

Sie setzte sich auf den Drehstuhl und ließ den Computer hochfahren. Sie hatte Zugang zu allen Dateien, das war eines der Privilegien, wenn man zu den Aushängeschildern der Zeitung gehörte. Max hatte ihr den

Zugang gewährt, er hatte ihr damals gesagt, sie solle irgendwann so etwas wie seine rechte Hand werden, aber mal sehen, was daraus werden würde. Wahrscheinlich war er im Moment von der Idee meilenweit entfernt.

Penny scrollte sich durch die Dateien. Die Zahl war überschaubar, Flo war ja noch nicht lange bei ihnen gewesen. Er hatte jeden einzelnen Ordner sauber benannt, einige Storys kannte Penny, von anderen Überschriften hatte sie noch nichts gehört. *Raub in U-Bahn Prenzlauer Allee*, zum Beispiel, oder *Galerieeröffnung in Kreuzberg*. Sie scrollte weiter und war schon beinahe am Ende angelangt, als ihr ein Titel ins Auge stach.

Blutiges Familiendrama in Grunewald.

Sie stutzte, das wäre ihr bestimmt nicht entgangen. Sie durchforstete ihr Gedächtnis, doch es fiel ihr nichts ein, was in den letzten Wochen nur ansatzweise dazu gepasst hätte, nichts, was das *Tagesblatt* gedruckt hatte, zumindest das hätte sie gewusst.

Neugierig öffnete sie den Ordner, und als Erstes tat sich eine Bilddatei auf. Mehrere grobkörnige Fotos, offensichtlich älteren Datums, gelbstichig und sichtlich abfotografiert. Auf den Aufnahmen war eine herrschaftliche Villa abgebildet, darunter stand

Kurmärker Straße Berlin, Grunewald.

Die Villa schien in einem guten Zustand zu sein, gepflegt und offensichtlich im Besitz von wohlhabenden

Leuten. Das zweite Bild zeigte dasselbe Haus vom Eingang der Toreinfahrt aus fotografiert, die Haustür geöffnet. Von der Seite konnte man zwei Polizeibeamte vor einem Absperrband sehen, das offensichtlich um die Außenmauer des Anwesens gespannt war. Außerdem zwei Männer, die eine Bahre die Treppe heruntertrugen, darauf ein menschlicher Körper in einem Leichensack. In der Eingangstür konnte Penny eine weitere Person ausmachen, die rückwärts aus der Tür trat und scheinbar auch eine Bahre hielt.

Das dritte Bild war ein Familienfoto. Vermutlich in den Achtzigerjahren aufgenommen. Die Mutter hatte hohe Schulterpolster und war stark geschminkt, sie saß gemeinsam mit einem ernst aussehenden Mann um die vierzig vor einem überladen geschmückten Weihnachtsbaum und strahlte in die Kamera. Das Mädchen, das vor den Füßen der Eltern saß, war etwa fünf Jahre alt, mit dem gleichen strohblonden Haar der Mutter und großen, aufgerissenen Augen. Die Kleine schaute irgendwie verängstigt aus und schmiegte sich an den großen Hund, der zu ihren Füßen lag. Das Alter des Jungen konnte Penny schwer schätzen. Er war älter als das Mädchen, wahrscheinlich im Teenageralter. Er saß direkt vor der Mutter, hatte die Arme um die Knie geschlungen und starrte missmutig in die Kamera. Etwas Fremdartiges ging von dem Bild aus. Trotz des Strahlens der Mutter und des funkelnden Weihnachtsbaums, des ordentlichen Wohnzimmers mit einem hellen, hochflorigen Teppich wirkte die Familie wie arrangiert. Wie mühsam zusammengezwungen und nur vereint durch dieses typische Foto, das Harmonie vermitteln sollte.

Der Text unter dem Bild war kurz und knapp.

Familientragödie in Grunewald. Eine Woche vor Weihnachten ereignete sich eine schreckliche Tat in dem vornehmen Berliner Villenviertel.
Der 15-jährige Christian Bärwaldt, Sohn eines Diplomaten, tötete seine Eltern, Bernd und Coraline Bärwaldt, 47 und 41 Jahre alt, und seine Schwester Marianna, 5 Jahre. Er überwältigte seine Eltern und das kleine Mädchen im Schlaf und durchtrennte mit einem Messer ihre Halsschlagadern. Christian Bärwaldt wurde als geisteskrank und nicht schuldfähig erklärt und lebt seit der Tat in einer Anstalt für geistig kranke Jugendliche.

Penny lehnte sich zurück und betrachtete das Foto. Sie erinnerte sich dunkel an die Tat, die groß durch die Presse gegangen war. Sie war damals noch ein Kind gewesen und hatte gehört, wie sich die Erwachsenen darüber unterhalten hatten. Man hatte den Jungen an einem unbekannten Ort untergebracht, das erinnerte sie noch, aus Angst vor Vergeltung. Alle waren ganz aufgeregt gewesen, dass ein Kind solch eine schreckliche Tat begehen konnte. Doch irgendwann war das Gerede verstummt, und man hatte nie wieder etwas von Christian Bärwaldt gehört.

Penny konnte sich nichts darauf zusammenreimen. Florians »Geheimnis« war altbekannt und tausendmal in den Zeitungen durchgekaut worden, das konnte es nicht sein. Und vor allem, warum hatte er sich dafür interessiert?

Und wenn er sich dafür interessiert hatte, warum hatte die Polizei nichts darüber auf seinem privaten

Rechner gefunden, dessen Festplatte sie beschlagnahmt hatte? Penny wusste, dass sie außer dem Üblichen, einigen Disketten mit ein paar harmlosen Pornos, seinem Lebenslauf und einer Handvoll Computerspielen nichts darauf sichergestellt hatten. Komisch. Irgendetwas musste es also mit dieser alten Geschichte zu tun haben, sonst hätte Flo sie nicht gespeichert. Unter den gescannten Artikel hatte er noch ein paar Worte geschrieben. *Erkannt,* stand dort und *Max? Oder Polizei?* Das war alles. Erkannt, was hatte das zu bedeuten? Hatte er etwas wiedererkannt, das mit dem Mord von damals in Verbindung stand? Oder sogar jemanden? Penny merkte, dass sie müde war.

Ihre Lider waren schwer wie Blei. Sie warf einen Blick auf die große Uhr, die an der Wand hing und im Dunkeln leicht vom Licht ihrer Schreibtischlampe angestrahlt wurde.

Viertel nach elf.

»Nachtschicht?«

Verdammt, er hatte Penny zu Tode erschreckt.

»Tom!«

»Ja, entschuldige, ich wollte dir keine Angst einjagen.«

Penny fasste sich an die Kehle und schnappte nach Luft. »Ist dir gut gelungen!«

»Was machst du um diese Zeit hier?«

»Arbeiten. Die Frage ist wohl eher, was machst *du* hier?«

Tom kam näher und hielt ein weißes Ladekabel in die Höhe. »Das hab ich liegen lassen, und als bekennender Telefonjunkie bin ich ohne so hilflos wie ein neugeborenes Baby.«

»Und da fährst du extra hierher? Hält dein Akku nicht bis morgen früh?«

Tom trat an Florians alten Arbeitsplatz und sah ihr über die Schulter. »Ich war eh auf dem Rückweg von einem Freund und bin nur kurz rausgesprungen. Was machst du an Flos Rechner? Hast du irgendwas Interessantes gefunden?«

Penny seufzte. »Nee, also eigentlich schon, aber nichts, was Sinn ergeben würde.«

Tom angelte sich einen Drehstuhl vom Nebenschreibtisch und ließ sich neben ihr nieder.

»*Familientragödie in Grunewald, Minderjähriger ermordet seine Familie*«, las er laut vor und kratzte sich an der Braue. »Das ist doch ein uralter Hut, oder täusche ich mich?«

»Ja. Das ist ja das Seltsame – das ist die einzige Datei, die irgendwie ungewöhnlich ist.«

»Ungewöhnlich? Inwiefern?«

»Na ja, ich hab noch ein paar andere Sachen entdeckt, aber das war alles aktuelles Zeug. Artikel, die er schon geschrieben hat oder die in den nächsten Tagen erscheinen sollten. Das hier hat rein gar nichts mit seiner Arbeit zu tun, zumindest nicht, soweit ich das erkennen kann.«

»Vielleicht hat er sich einfach dafür interessiert.«

»Und dann speichert er es auf seinem Arbeitscomputer? Nee! Und guck mal, wie er die Datei genannt hat: ›*Erkannt*‹. Das ist doch komisch! Wen oder was hat er da erkannt? Das wirkt so, als wäre er irgendetwas auf die Schliche gekommen, findest du nicht? Als hätte er irgendwas rausgefunden und wollte einen Artikel darüber schreiben, irgendwas, das mit dieser alten Geschichte zu tun hat.«

»Ich weiß nicht.«

Penny lehnte sich zurück und zog eine Zigarette aus ihrer Brusttasche und zündete sie an. »Guck nicht so, bis morgen riecht das keine Sau mehr.« Sie nahm einen tiefen Zug und stieß die Luft langsam aus ihren Nasenlöchern.

»Ich weiß nicht«, wiederholte Tom. »Das scheint mir etwas weit hergeholt. Der Fall ist«, er beugte sich erneut vor und überflog den Artikel, »aus den Achtzigerjahren. Ich erinnere mich noch ganz gut daran, die haben damals jeden Stein umgedreht, um rauszufinden, warum der Junge so ausgetickt ist. Und wenn ich mich nicht irre, haben sie ihn dann weggesperrt, und der Rest der Familie ist tot. Was soll Flo da herausgefunden haben? Nee, ehrlich, ich glaube das ist Zufall, du siehst Gespenster.«

»Und der Dateinname? *Erkannt*? Das findest du nicht seltsam?«

Tom zuckte mit den Schultern. »Was weiß ich? Vielleicht wollte er ein Buch schreiben, irgendwas hat er mir mal erzählt, von wegen Schriftstellertraum oder so ähnlich, keine Ahnung. Wenn du mich fragst, das hat nichts mit seinem Tod zu tun, glaube ich einfach nicht.«

»Hm.« Penny nahm sich ein Blatt Papier, faltete es zweimal und aschte hinein.

»Ach, was weiß ich, vermutlich sehe ich schon weiße Mäuse. Ich glaub, ich muss mal ins Bett und 'ne Runde schlafen.«

»Das scheint mir auch so.« Tom lächelte. »Kannst du mich zu Hause rauslassen?«

Kapitel 40

Sie war so saublöd! Sie war sich so sicher gewesen, dass sie den Schlüssel in die Innentasche ihrer Weste gesteckt und den Reißverschluss ordentlich zugezogen hatte. Tja, aber da war er jetzt nicht mehr. Ihre Mutter würde sie umbringen. Dabei hatte sie sich alles genau überlegt.

Die Alte stand am Wochenende nie vor elf auf, und wenn Jennifer gegen sechs Uhr morgens reinschleichen würde, wären alle im Tiefschlaf, und sie hätte genug Zeit, Schlaf nachzuholen, damit sie nicht völlig verpennt am Frühstückstisch sitzen und ihre Mutter Verdacht schöpfen würde. Toller Plan, eigentlich. Ohne Schlüssel große Scheiße.

Sie schlang die Arme um ihren Oberkörper. Es war so kalt, und ihr war kotzübel. Sie hatte zu viel getrunken, irgendwie hatte sie gehofft, das kleine Ding in ihr würde ihr nichts bedeuten. Ihr hatte vor dem Termin beim Arzt gegraut, die Vorstellung, dass irgendjemand in ihr herumschneiden würde und diesen Zellhaufen aus ihr rausholen würde, war ihr zuwider, und es war dann auch wirklich unangenehm gewesen. Nix da von wegen schnell, schnell vorbei, wie Lola behauptet hatte.

Sie hatte Schiss davor gehabt, und ihr hatte danach alles wehgetan. Lola brachte sie nach Hause, und sie rollte sich unter der Bettdecke zusammen und heulte und fühlte sich hundeelend. Nach drei Tagen ging es wieder etwas besser, und ihrer Mutter erzählte sie, sie habe sich eine Magendarminfektion zugezogen, aber der war das sowieso egal. Am dritten Tag konnte sie schon wieder aufstehen, auch wenn ihr noch ein bisschen schwindelig war, und Lola überredete sie, dass sie feiern gehen sollten. Schließlich sei Samstag, und sie müssten das begießen, hatte sie gesagt, »auf die Freiheit«. Das war gestern Abend gewesen.

Lola gab ihr einen Tequila nach dem anderen aus und zwinkerte ihr dabei verschwörerisch zu. Das war ihr auf die Nerven gefallen, sie hatte das Problem ja nicht. Oder zumindest im Moment nicht. Jennifer musste damit klarkommen, und jetzt fühlte sie sich nur allein und mies und wusste nicht, wohin sie sollte. Zu Lola konnte sie nicht, ihre Eltern waren tierisch streng, und ohne Schlüssel kam sie nicht rein, ihre Mutter würde ihr die Hölle heißmachen. Ihr blieb nur zu versuchen sich reinzuschleichen, ohne dass es einer merkte. Sie müsste nur abwarten, bis irgendein Frühaufsteher aus dem Haus träte, und sich dann hineinstehlen. Wenn sie Glück hatte, war die Wohnungstür offen, und sie konnte unbemerkt rein.

Jennifer ließ sich langsam an der Hauswand hinunterrutschen und zog sich ihre Jacke unter den Po, damit sie nicht auf dem kalten Boden sitzen musste. Was für ein Scheiß. Ihr Bauch tat wieder weh, und wenn sie die Augen schloss, drehte sich alles. Sie hätte noch einen Tag länger im Bett bleiben sollen. Da war es eh am schönsten. Die Decke über den Kopf ziehen und schlafen. Nicht nachdenken, nur schlafen.

Jennifer hörte ein Geräusch, das sie auffahren ließ, und sie merkte, dass sie eingenickt war. Ihre Hände waren eiskalt und beinahe gefühllos, vielleicht würde sie ja einfach hier erfrieren. Das wäre ja wohl der totale Witz, ein paar Hundert Meter von ihrem eigenen Bett erfrieren.

Sie stellte sich das Gesicht ihrer Mutter vor, wenn sie es erfahren würde. Würde sie sich Vorwürfe machen? Genüsslich malte sie sich die Trauer der Alten aus, ihre Tränen, obwohl sie nicht vorhatte, so schnell abzukratzen, nur etwas mehr hätte sie sich ja ruhig mal um sie kümmern können. Aber die, die hatte eh nur ihre Typen im Kopf, das war schon immer so gewesen. Außer, Jennifer hatte Mist gebaut, dann interessierte sie sich plötzlich für sie, ja, das konnte sie!

Jennifer merkte, wie sie wieder abdriftete, sie war so unendlich müde, und ihre Lider fielen ihr zu. Das Geräusch neben ihr hörte sie nur noch wie durch einen dichten Nebel, es vermischte sich mit ihren Träumen. Das Geräusch von Metall auf Metall. Das Letzte, das sie wahrnahm, war ein scharfer Schmerz an ihrem Hals.

Kapitel 41

Herrje, was war denn los? Schließlich drang in Pennys Bewusstsein, dass es ihr Handy war, das so nervtötend klingelte. Im Traum war sie auf einem Postamt gewesen und hatte ständig versucht, der Frau hinter dem Schalter klarzumachen, dass das große hellblaue Paket ganz oben auf dem Regal für sie war und dass da ein Hundebaby drin sei, das dringend etwas zu trinken bräuchte. Doch das Klingeln des Telefons hinter dem Schalter war so ohrenbetäubend laut gewesen, dass die Frau sie nicht verstand und immer nur den Kopf schüttelte und die Hände hob.

Was für ein saublöder Traum. Während Penny zum Telefon griff, das neben ihr auf dem Nachttisch lag, überlegte sie, was ihr Unterbewusstsein ihr damit sagen wollte. Dass sie sich einen Hund anschaffen sollte? Quatsch, entschied sie kurzerhand, es war nur ein sinnloser Traum.

Elf Anrufe. Das gibt's doch nicht. Sie warf einen Blick auf die Uhr neben ihr auf dem Nachttisch. Halb sieben! Am Sonntagmorgen!

Welcher Wahnsinnige rief sie um diese Zeit an, um sie zu terrorisieren?

Eine Sekunde lang schoss ihr der Gedanke an Herbert durch den Kopf. Ob ihm etwas passiert war? Dann fiel ihr wieder ein, wie schäbig er sie mit dem Artikel beschissen hatte und wie unfassbar sauer sie auf ihn war.

Sie drückte die Taste für das Anrufermenü und sah sofort, wer angerufen hatte.

Ihr Herz schlug schneller, und sie spürte wie ihr das Adrenalin durch die Adern schoss. Er war sofort am Apparat.

»Na, endlich gehen Sie ran!«

»Haben Sie mal auf die Uhr geschaut! Ich hab geschlafen, zumindest bis Sie angerufen haben.«

»Jaja, tut mir leid.« Pfeiffer klang ungeduldig.

Sie hatten sich hin und wieder gesprochen seit der Artikel erschienen war, nach Pennys Geschmack zu oft.

»Sie müssen sofort herkommen.«

»Ach, darf ich auch erfahren, warum?«

Wut stieg in ihr auf. Was bildete er sich eigentlich ein?

Penny hatte zugestimmt, bei den Ermittlungen zu helfen, soweit sie das konnte, und ja, er durfte sauer sein, dass wichtige Informationen nach außen gedrungen waren. Und ja, sie hätte besser auf ihre Unterlagen achten müssen, sodass sie Herbert nicht in die Hände gefallen wären, aber das alles gab ihm noch lange nicht das Recht, mit ihr zu reden, als wäre sie ein Kindergartenkind.

»Wir haben ihn.«

Plötzlich fühlte sich Penny so schrecklich müde, am liebsten hätte sie sich die Decke über den Kopf gezogen und weitergeschlafen. Sie wollte mit der ganzen Geschichte nichts mehr zu tun haben. Erstaunlicherweise spürte sie keinerlei Erleichterung.

»Das ist doch schön für Sie.«

»Wir brauchen Sie hier.«

»Warum denn? Wofür?«

»Wollen Sie denn gar nicht wissen, wer es ist?«

Sie horchte in sich hinein. Wollte sie es nicht wissen? Bevor sie den Gedanken zu Ende gebracht hatte, unterbrach er sie.

»Er sagt, Sie kennen sich, er sitzt immer vor dem Redaktionsgebäude, ein Penner, stellen Sie sich das vor!«

Mit einem Schlag war Penny hellwach. Trenk? Das konnte nicht sein! Der nette, harmlose Trenk, mit dem sie in lauen Sommernächten hin und wieder ein Bier zusammen getrunken und ihm dann und wann ein paar Münzen in seine Mütze geworfen hatte? Er war in seinem früheren Leben irgendein erfolgreicher Berliner Bauunternehmer gewesen, bis er angefangen hatte zu saufen. Oder war er pleitegegangen? Oder umgekehrt? Sie konnte sich nicht mehr daran erinnern.

»Sind Sie noch da?«

»Trenk?«, krächzte sie und räusperte sich. »Das ist doch totaler Quatsch! Der kann keiner Fliege was zuleide tun! Wie kommen Sie denn auf so eine bekloppte Idee?«

»Wir haben seine DNA an der Leiche von Florian Schuster gefunden, ein paar Haare an seiner Jacke. Der Abgleich mit der Datenbank ergab sofort einen Treffer. Wolfgang Trenk – bum! So einfach geht das manchmal.«

»Warum war er in der Datenbank?«

»Als Jugendlicher beim Fahren unter Alkoholeinfluss erwischt, nichts Aufregendes.«

»Aber ... Das ist unmöglich.« Pennys Stimme war in ein Flüstern übergegangen. »Das kann nicht sein! Was hat er gesagt?«

»Na, was wohl! Dass er unschuldig ist, das sagen sie alle.«

»Und warum brauchen Sie mich jetzt?«

»Weil er mit Ihnen sprechen will. Ich sage Ihnen, Frau Kalunke, er ist und bleibt Ihr größter Fan.«

Kapitel 42

Nein! Er hatte einen Fehler gemacht! Was für ein gutes Gefühl es gewesen war, als er gesehen hatte, wie sie den Penner, diesen Abschaum der Gesellschaft, abgeführt hatten. Schon sein Vater hatte ihm erklärt, dass diese Leute Schmarotzer waren. Sie saugten sich wie Blutegel fest an ihnen, den hart arbeitenden Normalbürgern, hängten sich an sie dran und ließen sich von ihnen durchs Leben tragen. Jeder konnte arbeiten! Jeder, der arbeiten wollte, fand auch Arbeit.

Eine jämmerliche Kreatur war er, wie er tagaus, tagein dort gehockt hatte, sternhagelvoll, und die Leute um Geld für seinen Schnaps angebettelt hatte. Nein, den würde niemand vermissen, den nicht! Das hatte er gut eingefädelt, dass sie seine DNA bei der letzten Leiche gefunden hatten, er selbst war sich nicht sicher gewesen, ob der Schachzug nicht sogar ein wenig plump gewesen war, aber die Polizei war so verzweifelt, dass sie sich begeistert darauf gestürzt hatte. Und jetzt, jetzt hatte er einen Fehler gemacht!

Er hatte versucht wegzuhören, doch die schrille Stimme von dem Mädchen neben der Schlampe war so laut gewesen, dass er sich kaum auf seinen Hamburger hatte konzentrieren können. Normalerweise vermied er so lärmende, dreckige Plätze, vollgestopft mit scheußlichen Menschen, die sich zusammendrängten und ihre ekligen Gerüche ausdünsteten, er hatte jedoch

Hunger gehabt, und der *McDonald's* war so verlockend nahe gewesen. Hätte er sich mal lieber zusammengerissen, nun war es nicht mehr zu ändern. Die grell geschminkte Freundin hatte das Miststück auch noch darin bestärkt, das Kind abzutreiben, völlig ungeniert und lautstark hatten sie sich unterhalten. Jeder hatte es hören können, und er hatte nicht anders gekonnt, er hatte die Schlampe bestrafen müssen, ja, sie hatte den Tod verdient.

Es war ein Genuss gewesen, beinahe ein ekstatisches Gefühl, als er mit dem Messer, dem frisch geschärften, glänzenden Messer mit einem sauberen Schnitt ihre Halsschlagader durchtrennt hatte. Wie ein Tier folgte er ihr tagelang, er musste abwarten, bis sie das Unausweichliche hinter sich gebracht hatte. Als er sie aus der Praxis kommen sah, einen Schritt vorsichtig vor den anderen setzend, am Arm ihrer schrillen Freundin, wusste er, dass sie es tatsächlich getan hatte, und sein Hass auf sie überrollte ihn wie eine schwarze Wand. In dem Moment hatte er gewusst, dass er sich nicht würde beherrschen können.

Aber es war zu früh gewesen! Sie hätte auf ihn gewartet, vielleicht jahrelang, und dann hätte man die Morde gar nicht mehr mit ihm in Verbindung gebracht, denn sie hatten ja jetzt ihren Täter, der Penner saß, die Schlinge lag fest um seinen Hals, und alles wäre gut, wenn er sich nur ein wenig hätte beherrschen können. Sei's drum! Dann würden sie ihn eben weiterjagen, er war auf dem richtigen Weg. Diese Gewissheit wuchs in ihm, von Tag zu Tag wurde sie stärker, füllte ihn aus, ließ ihn über sich hinauswachsen und verlieh ihm Flügel, die ihn hinwegtrugen über die elende, krauchende, stinkende Masse der Menschheit unter ihm.

Kapitel 43

Trenk war ein Häufchen Elend. Unter dem grellen Licht der Lampe, die an der Decke des schmucklosen Verhörraums angebracht war, konnte Penny zum ersten Mal sehen, in welchem verwahrlosten Zustand er sich wirklich befand. Seine Haut war grau, sein Haar ungeschnitten und fettig. Das Jackett, das er sommers wie winters trug und das sicherlich mal ein Vermögen gekostet hatte, hatte Löcher unter den Armen, und die Farbe konnte man nicht mehr eindeutig identifizieren. Ihm fehlten etliche Zähne, sowohl im Ober- als auch im Unterkiefer, und er war erbärmlich dünn, seine verdreckte Hose schlotterte ihm um die Beine, sogar seine durchgetretenen Gummistiefel hatten Löcher. An der linken Hand fehlten ihm zwei Fingerkuppen, und er stank. Gotterbärmlich.

»Penny!« Er hob den Kopf, als sie zur Tür hereinkam. Seine Augen waren flehend und blutunterlaufen. »Endlich biste da!«

Sie ließ sich auf dem Stuhl ihm gegenüber nieder und bemühte sich, nicht durch die Nase zu atmen. Der stechende Schweißgeruch war kaum auszuhalten.

»Hallo, Trenk!« Sie lächelte ihm beruhigend zu und ließ ihre Tasche neben sich auf den Fußboden gleiten.

Sie wusste, dass Pfeiffer sie durchdringend beobachtete, er lehnte an der Wand und hielt die Arme verschränkt.

»Was machst du denn für Sachen?«

Trenks Hände zitterten, seine Augen füllten sich mit Tränen.

»Ich weiß nich, was die von mir wollen, Penny! Die sind plötzlich aufgetaucht mit ihrem Streifenwagen und haben mir ihre komischen Dinger umjeschnallt!« Anklagend hielt er die Handgelenke hoch, die rot und aufgescheuert waren. »Und dann haben sie mich in den Wagen jezerrt und die janze Zeit geschrien, ick sei verhaftet, sie würden mir schon zeigen, wer hier det Sagen hat, und jetzt würde mein letztes Stündchen schlagen. Dabei weiß ick gar nicht, was sie von mir wollen, Penny!« Er starrte sie verzweifelt mit großen Augen an, aus denen ihm die Tränen über die Wangen liefen. »Wen soll ick denn umjebracht haben? Du kennst mich, Penny! Kannst du ihnen nicht sagen, dass ick niemals jemanden umbringen könnte? In meinem janzen Leben nicht?«

»Woher kennen Sie Frau Kalunke?«, mischte sich Pfeiffer ein, zog einen Stuhl heran und setzte sich neben Penny. Automatisch ruckte er mit dem Oberkörper ein Stück zurück, als ihn Trenks Gestank traf.

»Penny?« Trenk guckte ihn verwirrt an. »Penny arbeitet da, wo ick«, er machte eine kleine Pause, »na, wo ick wohne.«

»Wo wohnen Sie denn, Herr Trenk?«

Die Frage machte Trenk sichtlich zu schaffen.

»Am ... am Gebäude, wo Penny halt arbeitet«, stammelte er.

»Werden Sie da nicht vom Wachpersonal vertrieben?«

»Kommt drauf an. Manchmal, aber wenn es so saukalt ist, bleiben die auch lieber drinne. Sie wissen ja eh,
dass ick wiederkomme.«

»Was haben Sie früher gemacht, Herr Trenk?« Pfeiffers Ton war sachlich und kühl.

»Janz früher, meinen Se?«

»Bevor Sie auf der Straße gelebt haben.«

Trenk streckte sich, und für einen Moment konnte
man den Mann in ihm erahnen, der er einmal gewesen
war. Stark, stolz, ein angesehenes Mitglied der Gesellschaft. Dann sackte er ganz schnell wieder in sich zusammen, und zurück blieb ein verwahrloster, kranker
Mann.

»Ick hatte 'ne Baufirma. *Trenk Baustoffe.*«

»Lief gut?«

»Ja. Na ja, irgendwann eben nich mehr. Sehen Se ja,
wo ick jelandet bin.«

»Hm.« Pfeiffer trommelte mit den Fingern der rech-
ten Hand auf der Tischplatte herum. »Wie gut kannten
Sie Florian Schuster?«

Trenk blinzelte ihn verwirrt an. Das Licht der Lampe
blendete, seine Augen tränten, und er wischte un-
wirsch darüber.

»Wen?«

»Tun Sie nicht so. Florian Schuster! An seiner Leiche
haben wir Ihre DNA gefunden. Ihre Haare an seiner Jacke, was sagen Sie dazu? Kennen Sie ihn immer noch
nicht?«

Trenk sah nervös zwischen Pfeiffer und Penny hin
und her. Seine Hände begannen wieder, stark zu zit-
tern.

»Ick kenn keinen Florian Dingsda. Wer soll dat sein?«

»Der Mann, den Sie ermordet haben, Herr Trenk.«

Penny spürte, wie Wut in ihr hochwallte. Das war Schwachsinn! Trenk tat ihr leid, er war so hilflos wie ein Neugeborenes, und sie sah, dass er unbedingt etwas zu trinken brauchte, er war am Ende seiner Kraft.

»Das ist Quatsch«, stieß sie hervor. »Sehen Sie denn nicht, wie fertig er ist? Wie soll Trenk das denn gemacht haben? Florian war groß und kräftig, und Trenk ist krank und schwach.«

»Womit haben Sie ihn von hinten erschlagen? Wollten Sie sein Geld? Ist Ihnen der Schnaps ausgegangen, so allein nachts in der Kälte?«

»Wat?« Trenk sah Penny erneut hilflos an.

»Da kam Herr Schuster gerade richtig, oder? Zack, ein Schlag auf den Hinterkopf und schon wieder ein paar Kröten ergattert! Geben Sie es zu, Herr Trenk!«

»Ick hab nix jemacht!« Trenk hob beschwörend die Hände. »Ick war det nich!«

»Nur Pech, dass wir die Haare an der Leiche gefunden haben!«

»Florian ist seit ein paar Wochen im Redaktionsgebäude ein- und ausgegangen, kann doch gut sein, dass er Trenk ein paar Münzen gegeben hat, und dabei sind ihm Haare ausgefallen. Trenk, hat Florian dir mal Geld gegeben? Erinnere dich, denk nach!« Penny beugte sich vor und sah ihn beschwörend an.

Pfeiffer ließ ein Foto von Florian vor Trenk auf den Tisch fallen. »Haben Sie ihn wirklich noch nie gesehen?«

Trenk guckte Penny fragend an, sie nickte vorsichtig. »Hm, vielleicht.«

»Sie haben doch gerade gesagt, Sie kennen Florian Schuster nicht!«

»Tu ick auch nicht! Penny, wat soll ick sagen?«

»Schluss jetzt!« Pfeiffer stand auf, und sein Stuhl fiel mit einem lauten Scheppern nach hinten um. »Sie werden beschuldigt, Florian Schuster kaltblütig mit einem Gegenstand von hinten erschlagen zu haben. Wir haben Ihre DNA am Tatort gefunden und werden Sie überführen, so oder so, Herr Trenk! Geben Sie schon zu, dass Sie ihn umgebracht haben, und auch für all die anderen Morde werden wir Sie drankriegen, das schwöre ich Ihnen!«

»Die anderen Morde?« Trenks Stimme war nur noch ein Krächzen. »Wat für andere Morde? Wat wollen Se nur von mir?«

Er war mittlerweile unter dem Dreck und Schweiß in seinem Gesicht so blass, dass Penny dachte, er würde ihnen am Tisch zusammenbrechen. Konnte Pfeiffer nicht sehen, dass er auf dem völlig falschen Dampfer war? War er so verzweifelt, dass er bereit war, einen Unschuldigen zu opfern, nur damit er liefern konnte? Penny fühlte sich ohnmächtig vor Wut, aber sie wusste nicht, wie sie ihm helfen sollte. Seine DNA war nun mal an der Leiche gewesen, und das war die einzige Spur, die die Polizei hatte, ob es ihr gefiel oder nicht.

Pfeiffers Handy klingelte. Ohne Trenk aus den Augen zu lassen, ging er dran und hielt es sich ans Ohr.

»Ich sagte, keine Anrufe.«

Er lauschte einen Moment und ließ sich dann auf seinem Stuhl nach hinten sinken.

»Wann?«, fragte er.

Penny sah, dass er blass geworden war.

»Wo?«

Sie beobachtete ihn neugierig.

»Gut, ich komme.«

Pfeiffer ließ das Telefon sinken. Er hatte Schweiß auf der Stirn.

»Herr Trenk«, sagte er schließlich, und es schien, als müsste er jedes Wort einzeln herauspressen. »Es sieht so aus, als hätten wir uns getäuscht. Ich muss mich bei Ihnen entschuldigen.«

Kapitel 44

Penny war erleichtert, aber auch mindestens genauso verwirrt. Natürlich war Trenk nicht der Mörder, sie hatte nicht eine Sekunde daran geglaubt, abgesehen davon, dass er körperlich gar nicht in der Verfassung gewesen wäre, die Morde zu begehen. Penny hätte sich in ihren kühnsten Träumen nicht vorstellen können, dass in Trenk etwas so Dunkles, Düsteres und Böses hausen würde. Sie bildete sich ein, eine ganz gute Menschenkenntnis zu haben, und Trenk war der gutmütigste und harmloseste Mensch, der ihr jemals begegnet war.

Und jetzt gab es wieder eine Tote.

Penny zog den Schal fester um den Hals. Der kalte Wind wehte ihr ins Gesicht. Sie hatte joggen gehen wollen, sie spürte, dass sie sich mehr bewegen musste, ihr Körper schrie geradezu danach. Ihre Gedanken waren wieder langsamer geworden, der bunte Wirbel hatte sich gelegt und einem ruhigeren Fluss Platz gemacht. Das an sich war gut, das wusste sie genau, auch wenn die unbestimmte Sehnsucht nach den intensiven Gefühlen der letzten Tage sie wie ein Schatten begleitete. Doch sie brauchte nur an den Abend mit Nick Zwieback zu denken, und ihr wurde übel vor Scham. Hoffentlich hält das noch eine Weile an, dachte sie grimmig.

Endlich hatte sie ihren Golf erreicht. Mit vor Kälte gefühllosen Fingern schloss sie das Auto auf und ließ den Motor sofort an, damit die Heizung ein wenig Wärme verströmte – es war so bitterlich kalt.

Morgen war Heiligabend, und sie hatte keine Ahnung, wie und wo sie es feiern sollte. Mit Herbert auf gar keinen Fall, das war ausgeschlossen. Sie würde ihn schmoren lassen, und sollte er sich die Birne wegsaufen, würde sie ihn versauern lassen. Sie war so wütend auf ihn, dass sie sich sicher war, sie könnte es diesmal durchhalten. Er hatte ihr elfmal auf die Mailbox gesprochen, sie hatte allerdings jede einzelne Nachricht gelöscht, ohne reinzuhören. Er konnte sie mal kreuzweise.

Die Straßen waren menschenleer. Natürlich, es war ja auch Sonntag.

Penny hatte angeboten, Trenk an seinen Stammplatz zurückzufahren. Pfeiffer hatte anscheinend ein schlechtes Gewissen und ihm vorgeschlagen, die Feiertage in einer Zelle mit Heizung, etwas Warmen zu essen und einem Bett zu verbringen. Trenk hatte dankend angenommen.

Ohne darüber nachzudenken, war Penny Richtung Redaktion gefahren. Sie könnte noch einmal einen Blick in Florians Unterlagen werfen. Sie hatte kurz überlegt, ob sie Pfeiffer davon erzählen sollte, was sie in Flos Rechner gefunden hatte, doch der war in dem Moment des Anrufs, dass eine neue Frauenleiche – so zumindest hatte Penny es verstanden – gefunden worden war, praktisch schon damit beschäftigt gewesen, alle Kollegen zurückzupfeifen, die sich auf wohlverdiente Feiertage mit der Familie eingestellt hatten.

Penny versuchte sich gar nicht erst auszumalen, wie die Stimmung in der Mordkommission sein mochte.

In Pfeiffers Haut wollte sie zumindest nicht stecken. Es hatte keinen Zettel bei der Leiche gegeben. Keinen Brief an Penny Kalunke, und Penny hatte mehr und mehr das Gefühl, dass sie in keiner Weise hilfreich für das Team um Pfeiffer war. Wie auch? Sie hatte die Enttäuschung in seinem Gesicht ablesen können, wann immer sie sich in irgendeiner Form zu den Verbrechen hatte äußern sollen. Tatsache war, dass sie schlicht und ergreifend gar nichts dazu zu sagen hatte. Sie war vielmehr der Meinung, dass der Täter den Zusammenhang zu ihr hergestellt hatte, um für Verwirrung zu sorgen. Er hatte sich einfach für ihren Namen entschieden, es kannte sie durch ihren Preis, den sie damals bekommen hatte, zumindest jeder in der Berliner Journalistenszene, und er hatte eine falsche Fährte zu ihr gelegt. Das war doch möglich, oder?

Penny seufzte. Sie hatte Kopfschmerzen. Die heiße, trockene Heizungsluft blies ihr in die Augen, aber ihre Fingerspitzen und ihre Füße waren trotzdem nach wie vor eiskalt. Die Straße vor ihr war in einen weißgrauen Nebel gehüllt, der Wind pfiff um die Ecken und trieb Eisregen vor sich her. Was soll's?

Penny blinkte, bog in den Innenhof des Redaktionsgebäudes ab und stellte den Motor aus. Sie konnte ebenso hier arbeiten. Sonntags war die Redaktion zumindest besetzt, wenn auch nur in kleiner Truppe, damit die Montagsausgabe stand. Penny wusste, dass Max auf jeden Fall da war.

Er würde schon von der neuen Leiche wissen, außerdem arbeitete er eigentlich immer. So wie ich, dachte

sie. Wir sind wie zwei einsame Wölfe, zu Hause wartet
sowieso niemand auf uns.

Kapitel 45

Herbert hatte ein mieses Gefühl. Das lag nicht an seiner körperlichen Verfassung, er war verkatert, das war er jedoch so gut wie jeden Tag, daran lag es nicht. Es lag auch nicht am deprimierenden Wetter oder an dem Blick aus dem Fenster, der eine noch deprimierendere blau leuchtende Weihnachtsgirlande zeigte, die am Balkon der Wohnung gegenüber angebracht war. Gut, er hasste Weihnachten, er hasste es, seit Paula weg war, und ja, er hatte wahrscheinlich komplett den Vogel abgeschossen, was sein Verhältnis zu seiner Tochter betraf. Er konnte selbst nicht mehr verstehen, was ihn da geritten hatte, doch das brachte ihn auch nicht weiter.

Nein, das alles war es nicht, er machte sich Sorgen. Ohne dass er genau festmachen konnte, warum, hatte er ein mulmiges Gefühl in der Magengegend, wenn er an Penny dachte. Sie würde ihn laut auslachen, wenn er ihr mit so etwas wie Vaterinstinkt kommen würde, sie alle würden ihn auslachen, Max und Paula voneweg, und er war sich dessen sehr bewusst, dass er die letzten Jahre als Vater komplett versagt hatte. Dennoch gab es ein festes Band, das seine Tochter und ihn zusammehielt, das gab es, seit sie geboren war, und Herbert wusste das, er spürte es tief in seinem Inneren, und niemand auf der Welt konnte ihn vom Gegenteil überzeugen.

Penny ging nicht ans Telefon. Na klar ging sie nicht ans Telefon, sie wollte nicht mit ihm sprechen, und er konnte es verstehen, er hatte allerdings das dringende Bedürfnis, ihre Stimme zu hören. Er wollte sie bei sich haben, in seiner Wohnung, sicher und warm, auch wenn seine Gesellschaft wahrscheinlich das Allerletzte war, das sie sich zurzeit wünschte.

Herbert langte mechanisch zur Bierflasche, die seit dem Frühstück neben ihm geöffnet auf dem Wohnzimmertisch stand, irgendetwas hinderte ihn jedoch daran, sie auszutrinken. Herbert Kalunke war überzeugt, dass er einen klaren Kopf behalten musste, und er hatte seit vielen Jahren zum ersten Mal das starke Gefühl, dass seine Tochter ihn wirklich brauchte. Er knallte die Flasche zurück auf den Tisch, stand auf, griff sich seine Jacke und eine Mütze, die er tief über die Ohren zog, und verließ seine Wohnung.

Kapitel 46

»Welch Glanz in unserer Hütte.«

Okay, er war also immer noch sauer. Verständlich, nach allem, was er in den letzten Tagen mit ihr durchgemacht hatte, auch wenn Penny es leid war, sich wieder und wieder für sich und ihr Leben zu entschuldigen. Das ist unfair, schalt sie sich, er ist vollkommen im Recht.

»Wie viel sind noch da?«, fragte sie, wickelte den Schal von ihrem Hals und legte ihn auf einen der Stühle, die um den Konferenztisch standen.

»Alle weg, bis vor einer halben Stunde noch Jens, Friedrich, Sabine und Emma. Und Tom. Der macht die Bilder noch fertig.»

»Tom? Wieso das denn? Reichte Friedrich in der Bildredaktion nicht aus?«

»Er wollte unbedingt die Bilder von der Toten machen.«

»Hat er nicht heute frei?«

»Keine Ahnung. Jedenfalls ist er hier, und ich bin froh über jeden, der mir unter die Arme greift.«

»Über mich scheinbar nicht.«

Max ging nicht darauf ein und schob ihr einen Stapel Fotos rüber. Penny setzte sich auf einen Stuhl ihm gegenüber und betrachtete die Bilder. Sie waren grausam und brutal. Das Opfer sah nicht älter aus als zwanzig. Im Hals der jungen Frau klaffte eine tiefe Wunde, ihre

Augen waren geschlossenen, und sie sah aus, als schliefe sie.

»Gott«, sagte Penny leise, »die ist ja beinahe noch ein Kind.«

»Sie *ist* ein Kind«, antwortete Max. »Jennifer Kurz. Sechzehn Jahre. Sie ist auf der Treppe vor ihrem Elternhaus mit aufgeschnittener Halsschlagader von einer Frau gefunden worden, die sich heute Morgen auf den Weg in die Frühschicht machen wollte. Der Mörder muss kurz vorher verschwunden sein, das Mädchen war noch warm.« Er legte eine Pause ein und räusperte sich. »Mehr hat Pfeiffer uns nicht gegeben. Du sollst einen Blick darauf werfen, ob dir etwas auffällt, das Übliche. Wir dürfen die Aufnahmen natürlich nicht nutzen, nur Alter und Name, das war's. Ach ja, und wichtig ist, dass es keine Nachricht gab, das weißt du vermutlich schon.«

Penny nickte. Dann schob sie die Bilder zu Max zurück. »Ich nehme an, jemand schreibt schon am Artikel über sie.«

Max nickte. »Emma«, sagte er knapp. »Schon fertig.«

Penny faltete die Hände und blickte aus dem Fenster. Von hier oben konnte man über die Dächer von Berlin sehen, an schönen Tagen warf die Sonne das reflektierende Licht des Fernsehturms in Form eines Kreuzes zurück. Es hieß, das habe Honecker maßlos geärgert, das urchristliche Symbol strahlend über Berlin. Penny liebte diese Geschichte. Im Moment wirbelten allerdings nur graue Eiswolken gegen die Fensterscheiben.

»Ich bin mir nicht sicher, aber ich glaube, dass ich etwas gefunden habe«, sagte sie.

Max blickte sie neugierig an. »Was meinst du?«

»Na ja.« Penny blinzelte unsicher. »Ich hab etwas auf Florians Rechner entdeckt, das mich stutzig gemacht hat.«

»Auf Florians Rechner? Was denn?«

Auf einmal wirkte er gar nicht mehr sauer. Nur noch aufmerksam.

»Es kam mir komisch vor, weil es in keinem Zusammenhang zu einem seiner Artikel steht, die er bei uns geschrieben hat.«

»Und?«

»Erinnerst du dich an die Geschichte Ende der Achtzigerjahre, damals in Grunewald, als dieser Junge seine Eltern und seine kleine Schwester umgebracht hat, erstochen im Schlaf, einfach so?«

»Ja.« Max nickte. »Natürlich erinnere ich mich daran, wir haben eine ganze Serie darüber gebracht. Das war direkt nach dem Mauerfall, ich war gerade Chefredakteur geworden. Was ist damit?«

Mit einem Mal überfielen Penny Zweifel. Warum hatte sie nicht den Mund gehalten, sie fühlte sich wie eine unerfahrene Praktikantin, die einen unbrauchbaren Vorschlag in der Morgenkonferenz macht, und alle verdrehen innerlich die Augen.

»Ach, vielleicht ist es auch nichts.«

»Penny!« Zwischen Max' Augen hatte sich eine steile Falte gebildet. »Spuck es schon aus!«

»Also gut.« Sie seufzte und fummelte an dem Papageienohrring herum, den sie am linken Ohr trug. »Es gibt einen Ordner auf seinem Rechner darüber, mit Fotos, Zeitungsberichten und allem Drum und Dran, und ...«

»Und?«

»Er hat ihm einen Namen gegeben.«

»Einen Namen? Welchen Namen? Lass dir doch nicht alles aus der Nase ziehen!«

»*Erkannt.* Er hat ihn ›*Erkannt*‹ genannt.«

»Erkannt. Hm ...« Max lehnte sich zurück. »Das ist allerdings seltsam, die Geschichte ist asbachuralt. Warum sollte er sie speichern?«

»Eben. Das dachte ich mir auch.« Penny war froh, dass Max sie nicht für verrückt erklärte.

»Warum hast du mir nicht eher davon erzählt?«

»Ich ...ich«, stotterte Penny und spürte, dass sie rot wurde. »Ich hab mir selber nicht ganz getraut«, sagte sie schließlich patzig. »Und jetzt wirst du mir einen Vortrag darüber halten, dass das meine eigene Schuld ist.«

»Nein, werde ich nicht«, sagte Max abwesend und kratzte sich am Ohr. »Hast du Pfeiffer davon erzählt?«

»Nein. Wie gesagt, ich war mir nicht sicher, ob ich mir da nicht was zusammenspinne.«

»Sonst ist nichts auf seinem Rechner?«

»Nichts Auffälliges jedenfalls.«

»Weißt du was?« Max erhob sich und klatschte in die Hände. »Ich werde Kriminalhauptkommissar Pfeiffer anrufen und ihm davon erzählen, und ich werde mir sehr viel Zeit dabei lassen. Und in der Zwischenzeit schnappst du dir Tom, und ihr fahrt dahin.«

Penny sah ihn entgeistert an. »Jetzt? Wohin? Nach Grunewald?«

»Ganz genau. Wenn rauskommt, dass die Geschichte von damals irgendwie mit den Morden zusammenhängt, kriegst du da von niemandem ein Wort mehr heraus. Geht Klinken putzen. Morgen ist Weihnachten, die Leute sind milde und feierlich gestimmt und hoffentlich in Quatschlaune. Macht Fotos von der Villa, in der es passiert ist, aktuelle Bilder. Das Wetter ist beschissen, aber Tom wird schon etwas zaubern. Wenn das der Schlüssel zu allem ist, will ich von dem Kuchen wenigstens auch noch ein Stück abhaben.«

Kapitel 47

Sie konnten kaum etwas sehen. Der Schnee wirbelte auf den Straßen in Spiralen um sie herum, Penny musste das Steuer mit beiden Händen festhalten, weil der Wind von allen Seiten an ihrem alten grünen Golf zerrte.

»Tolle Idee«, brummte Tom und versuchte, das Blitzlicht an seiner Kamera einzustellen. »Einen besseren Tag dafür hätte sich Max nicht ausdenken können.«

»Selber Schuld, wenn du dich zu der Zeit noch in der Redaktion rumtreibst.«

Tom murmelte etwas und hörte dann etwas einrasten. »Ha«, sagte er zufrieden. »Geht doch.«

»Verdammt«, quetschte Penny zwischen zusammengebissenen Zähnen hervor und konnte gerade noch rechtzeitig einem Auto ausweichen, das ihnen in schlingernden Bewegungen entgegenkam.

Die Schneeschicht war mittlerweile auf mindestens drei Zentimeter angewachsen, und es fühlte sich so an, als führen sie über blankes Eis.

»Puh, das war knapp.« Penny langte ins Handschuhfach. Sie holte eine Schachtel Zigaretten hervor, zog mit den Zähnen eine heraus und tastete nach dem Feuerzeug, das sie auf der Mittelkonsole abgelegt hatte.

»Bist du verrückt?« Tom griff nach dem Feuerzeug, ließ es aufschnappen und hielt ihr die Flamme unter die Zigarette. »Willst du uns umbringen?«

»Stell dich mal nicht so an. Nikotin beruhigt, und genau das brauche ich gerade.«

»Nur schade, wenn du uns auf dem Weg zu deinem Nikotinflash um die Ecke bringst.«

Penny seufzte genervt, nahm einen tiefen Zug und ließ den Rauch wieder aus den Nasenlöchern strömen. Es war erst früher Nachmittag, aber durch den Schneesturm war es so dunkel draußen, als wäre der Abend schon angebrochen.

»Max ist verrückt«, sagte Tom. »Willst du mir mal erklären, wie ich bei dem Licht ein einziges brauchbares Foto schießen soll?«

»Was wolltest du eigentlich vorhin oben im Büro bei ihm?«

Tom war noch einmal raufgelaufen und hatte Penny allein und vor Kälte zitternd im Wagen sitzen lassen. Sie hasste es zu warten, vor allem weil sich der Himmel von Minute zu Minute stärker zugezogen und sie eine starke Sehnsucht nach ihrer kleinen, unaufgeräumten Altbauwohnung verspürte hatte. Weihnachten hin oder her, Einsamkeit hin oder her, sie wäre jetzt überall lieber als hier, um ihren Hals für Max' plötzlich erwachten journalistischen Ehrgeiz zu riskieren.

»Ich wollte noch mehr Hintergrundinfos von ihm.«

»Hintergrundinfos? Worüber?«

»Welche Art von Bildern er sich vorstellt, welcher Winkel, Details und so weiter. Wieso interessiert dich das so brennend?« Er klang gereizt.

»Ach, vergiss es, ich hab mir nur in der Zwischenzeit den Arsch abgefroren, weiter nichts.«

Sie fuhren mittlerweile im Schneckentempo und hatten den Ku'damm mit seiner Weihnachtsbeleuchtung hinter sich gelassen. Die hohen Häuser waren freistehenden Villen gewichen, und trübe Straßenlaternen schimmerten hier und da in der Dämmerung.

»Kaum zu fassen, dass morgen Weihnachten ist.« Penny starrte auf die Straße und versuchte verzweifelt, auf der Fahrbahn zu bleiben.

»Hm.« Tom mühte sich ab, im Licht der Autobeleuchtung die Karte zu lesen, die auf seinen Knien lag.

»Haben wir uns verfahren?«

»Erst mal müsste ich wissen, wo wir eigentlich sind.«

Der abrupt einsetzende Schnee hatte die Straßenschilder unter weißen Placken verschwinden lassen. Penny musste sich eingestehen, dass sie keinen blassen Schimmer hatte, wo sie waren. Sie kam aus Berlin, sie war hier geboren und aufgewachsen, aber in Grunewald war sie in ihrem Leben nur wenige Male gewesen. Sie konnte es an einer Hand abzählen.

»Da!« Tom deutete auf ein Schild, von dem Schnee in einer nassen, schweren Platte heruntergerutscht war. »Fahr mal langsamer!«

»Dann fahr ich rückwärts.«

»*Eichenallee*«, entzifferte Tom und starrte angestrengt auf die Karte. »Hier! Wir sind gar nicht so weit entfernt. Die Übernächste müssen wir links, und dann sind es nur noch ein paar Hundert Meter.«

Kapitel 48

Komisch, wieso war die Tür zur Redaktion offen? Normalerweise saß Mona an der Rezeption, natürlich hatte sie heute frei, doch warum war dann nicht abgeschlossen?

Herbert schob die Glastür auf, die in die Räume des *Tagesblatts* führte, und ein Schwall abgestandener Luft schlug ihm entgegen. Typischer Bürogeruch, ihn schauderte davor. Es roch nach Geschäftigkeit, Arbeit und Hektik. Alles Dinge, die er irgendwann in seinem Leben zu verabscheuen angefangen hatte. Wahrscheinlich als niemand ihn mehr gebrauchen konnte. Da wurde ihm klar, dass nicht Herbert Kalunke der Welt den Rücken gekehrt hatte, sondern es war wohl genau anders herum gewesen. Aber jetzt war nicht der richtige Zeitpunkt, um sich selbst zu bemitleiden. Er war wegen Penny hier, und wenn einer wusste, wo sie sich aufhielt, dann war es Max.

»Hallo?« Herbert lief den dunklen, stillen Gang entlang, der zum großen Konferenzraum führte. Er kannte das Gebäude, er hatte Penny hin und wieder hier besucht und auch seinen alten Freund Max, obwohl es mit ihrer Freundschaft nicht gerade zum Besten gestanden hatte in den letzten Jahren.

Vom Flur aus konnte er erkennen, dass im Konferenzraum Licht brannte. Er ging auf die Tür zu und öffnete sie.

»Hallo? Jemand da? Max? Penny?«

Der Raum war verlassen. Es war unerträglich heiß und roch, als wäre seit Tagen nicht gelüftet worden. Bis auf eine Kaffeetasse, Max' Autoschlüssel von seinem Volvo und ein paar Unterlagen auf dem Tisch konnte Herbert nichts entdecken. Er spürte, wie das Unbehagen ihn wieder beschlich.

»Sei nicht albern, Herbert Kalunke«, sagte er laut und ließ sich auf einem der Stühle nieder. Was sollte er jetzt machen?

Max war anscheinend nicht hier, wahrscheinlich trieb er sich unten in der Bildredaktion herum, da kam Herbert nicht einfach hinein, also musste er auf ihn warten. Auf dem Handy konnte er ihn nicht anrufen, im Gebäude war kein Empfang, bei dem Wetter schon gar nicht. Und Penny ging so oder so nicht an ihr Telefon. Er konnte nichts tun. Da fiel sein Blick auf die Ausdrucke, die vor der leeren Kaffeetasse lagen, das Foto darauf weckte seine Neugier. Er drehte das Blatt so, dass er lesen konnte, was darauf geschrieben stand, und in dem Moment wusste er, wo er Penny suchen konnte.

Kapitel 49

»Da ist es!«

Penny konnte nicht hinsehen, sie hatte Schwierigkeiten, ihre Klapperkiste in der Spur zu halten. Mittlerweile hatte sie das Gefühl, sie führe über ausgelaufene Seife, so schwer ließ sich der Wagen lenken.

»Shit«, murmelte sie und steuerte den Golf so langsam sie konnte auf den Gehweg vor dem Haus zu.

Das Fahrzeug rollte in Zeitlupe darauf und blieb mit einem Reifen knirschend am Bordstein stehen.

»Ha! Volltreffer!«

Sie stellte den Motor ab und ließ das Licht an, damit sie überhaupt irgendetwas sehen konnten. Die Straße lag verlassen da in der Dunkelheit. Im Abstand von etwa zweihundert Metern brannten trübe Straßenlaternen und warfen ein gespenstisches gelbes Licht auf das verschneite Kopfsteinpflaster.

Es sah so aus, als wäre die Villa rechts und links von einem großen Garten umgeben. Das Haus gegenüber war weit in das Grundstück zurückversetzt, aus der Ferne war ein einzelnes dünnes Licht zu sehen, ansonsten waren die frei stehenden Villen zu weit entfernt, als dass sie Helligkeit hätten verströmen können. Es war, als wären sie allein auf der Welt.

»Unheimlich«, sagte Penny leise und pustete in die hohlen Hände. »Es steht leer, oder?«

Die großen Fenster der Villa waren wie leere dunkle Augen, doch Penny meinte ausmachen zu können, dass eines der Fenster des Wintergartens, der sich um die Vorderseite des Hauses zog, eingeschlagen oder zersplittert war.

Um die Villa herum ragten hohe, alte Bäume auf, und sie erkannte den Zaun von den Fotos aus Florians Ordner wieder.

»Sieht ganz so aus. Komm.« Tom öffnete die Wagentür.

In der Sekunde überkam Penny der Impuls, den Motor wieder anzulassen und sofort von diesem gruseligen Ort zu verschwinden. Irgendetwas machte ihr Angst. Sie konnte nicht genau sagen, was es war, aber etwas Schlechtes ging von diesem Haus aus, das spürte sie mit jeder Faser ihres Körpers.

»Sei nicht albern«, sagte sie halblaut und löschte das Licht. »Du hysterische Pute.«

Sie stieg aus, schlug die Wagentür hinter sich zu und folgte Tom, der mit zielstrebigen Schritten auf das Tor zuging. Sie waren hier schließlich nicht in der Walachei gelandet. Um sie herum atmete und pulsierte eine Millionenstadt, außerdem war sie nicht allein. Tom mochte schmächtig erscheinen, er war jedoch groß, jung und gesund. Sollte sich ihr imaginärer Serienkiller, den sie sich gerade ausmalte, hier herumtreiben, was bei der Witterung mehr als unwahrscheinlich war, würde Tom sie beschützen.

Er griff in seine Jacke und holte eine Taschenlampe hervor.

»Wo hast du die denn her?«, wunderte sich Penny und fühlte sich gleich etwas sicherer.

»Hab ich immer in meinem Rucksack, kann man öfter gebrauchen, als man denkt.«

»Alter Pfadfinder.« Penny grinste und schlang die Arme um den Oberkörper. Der Schnee blies ihr direkt ins Gesicht.

Tom öffnete das Gartentor, das Quietschen hallte die leere Straße hinunter. Er stieg die Treppenstufen hinauf, die Penny auf den Fotos gesehen hatte, und versuchte, die Tür probehalber zu öffnen. Hoffentlich ist sie verschlossen, dachte Penny, doch sie ließ sich mühelos aufstoßen.

Tom leuchtete in eine dunkle Eingangshalle hinein, deren Boden mit schwarz-weißen Marmorfliesen bedeckt war. Sie waren schmutzig und staubig, soweit Penny erkennen konnte. Er drehte sich zu ihr um und lächelte ironisch, deutete eine Verbeugung an und hielt ihr die Tür auf.

»Dann mal hinein in die gute Stube.«

Kapitel 50

Auweia, er war schon lange nicht mehr Auto gefahren und vor allem nicht so einen großen Schlitten wie diesen. Typisch für Max, dass er sich keinen BMW kaufte, da schlummerte immer noch der alte Sozialist in ihm, auch wenn er das weit von sich gewiesen hätte. Herbert hatte seinen alten Freund immer im Verdacht gehabt, mehr mit dem alten System sympathisiert zu haben, als er jemals zugegeben hatte. Irgendwie hatte Herbert manchmal das Gefühl, auch Max hatte mit dem Untergang der DDR und ihrer alten Welt an Kraft und Glanz eingebüßt. Er konnte nicht anders, aber das erfüllte ihn mit innerer Zufriedenheit.

Es war nicht mehr weit bis zu der Adresse, die er auf dem Konferenztisch in der Redaktion gefunden hatte. Er kannte sich in Grunewald nicht besonders gut aus, er hatte jedoch einen exzellenten Orientierungssinn, und die Karte, die er für ein paar Kröten an der Tanke am Ende des Ku'damm erstanden hatte, reichte ihm völlig aus. Das war auch gut so, denn wenn er ehrlich war, zitterten seine Hände erbärmlich, und zwar nicht nur, weil er Bammel hatte, das Auto seines Freundes bei dem Mistwetter vor den nächsten Laternenpfahl zu setzen, sondern auch, weil er seit ein paar Stunden nichts mehr getrunken hatte.

»Stell dich nicht so an«, murmelte er zum gefühlten hundertsten Mal, und die Angst in seiner Magengegend, dass mit Penny etwas nicht in Ordnung war, wuchs minütlich.

Er konnte selbst nicht sagen, was ihn in der Dunkelheit durch den Schnee zu einem Ort trieb, von dem er nicht einmal sicher wusste, dass sie dort war. Sie war Max' Garant für eine gute Story, und sollten die Notizen mit einer Story zusammenhängen, dann wäre es Penny, die er dorthinschicken würde. Aber morgen war Weihnachten. Vielleicht hatte Max die Zeitungsausgabe schon unter Dach und Fach, und alle waren auf dem Weg in die wohlverdienten Weihnachtsferien, außer Max selbst natürlich, dem Workaholic, und den armen Schweinen, die die Notbesetzung über die Feiertage stellten.

Dennoch, mochte Penny noch so sauer auf ihn sein, sie wäre ans Telefon gegangen. Er hatte irgendwann aufgehört zu zählen, wie oft er versucht hatte, sie anzurufen. Nein, irgendetwas stimmte nicht. Und wenn doch alles in Ordnung war und sein schlechtes Gewissen ihn hierhergführt hatte, würde er sich lieber von Max und Penny auslachen lassen, als dass er seinem Instinkt nicht gefolgt wäre. Die Scheibenwischer von Max' Volvo quietschten protestierend unter dem Schnee, der auf die Windschutzscheibe klatschte. Wenn er sich nicht irrte, musste er die nächste Straße links abbiegen. Das Straßenschild war glücklicherweise lesbar, und er war richtig.

Herbert rollte langsam, wie auf rohen Eiern, um die Ecke und spähte angestrengt durch die Frontscheibe.

Die Straße war dunkel und verlassen, die paar wie hingetupften Straßenlaternen erhellten das Kopfsteinpflaster und die Hauswände kaum. Herbert pfiff durch die Zähne, als er rechts am Straßenrand Pennys grünen Golf entdeckte. Sein Spürsinn hatte ihn also nicht getäuscht. Sie war hier. Ein Gefühl der Erleichterung durchrieselte Herbert, und er überlegte, ob er einfach wieder umdrehen und unauffällig verschwinden sollte. Er hatte sie gesucht und gefunden, sie war offensichtlich bei der Arbeit und wäre bestimmt nicht besonders erfreut, ihn hier zu sehen. Aber das Gefühl in Herberts Brust, die Furcht, dass doch irgendetwas mit ihr nicht in Ordnung sein könnte, nahm wieder zu. Was soll's? Noch wütender, als sie eh schon war, konnte sie nicht mehr werden. Jetzt war er da. Jetzt würde er nach ihr suchen.

Kapitel 51

Es roch nach Staub und Schimmel. Es war offensichtlich, dass das Haus in einem erbärmlichen Zustand war. Trotzdem konnte Penny unter dem Schein von Toms Taschenlampe feststellen, dass die Seidentapeten, die sich an den Ecken herunterrollten und große dunkle Flecke hatten, einmal sehr kostbar gewesen sein mussten. Vorsichtig traten sie vom Flur in ein großes Zimmer. Es mündete in den Wintergarten, den Penny von außen gesehen hatte. Schneeflocken wehten ihnen entgegen, und sie erinnerte sich, dass eines der Fenster kaputt war. Tom betätigte den Lichtschalter, es rührte sich jedoch nichts. Er ließ den Kegel der Taschenlampe über die Wände und den alten Parkettboden wandern. Der Raum war vollkommen leer. Der alte Kamin war sowohl von innen als auch von außen völlig verrußt, und an den Fenstern schwangen leise Vorhangfetzen.

»Furchteinflößend ist das hier.« Automatisch griff Penny nach Toms Hand und klammerte sich daran. »Ich weiß echt nicht, was sich Max dabei gedacht hat, als er uns hierhergeschickt hat, das ist doch totaler Schwachsinn. Komm, mach deine Bilder, und wir hauen wieder ab!«

Tom antwortete nicht, und Penny bemerkte, dass seine Haut eiskalt war.

»Tom?«, sagte sie lauter und schüttelte seine Hand. »Hallo? Jemand zu Hause? Ich find es gruselig hier, und ich bleib hier freiwillig keine Sekunde länger, also tu mir einen Gefallen, schieß deine Bilder, und dann verschwinden wir!«

Penny spürte, wie in Toms Hand, die leblos wie ein toter Fisch in ihrer gelegen hatte, Leben kam. Er drückte ihre Finger, und kurz dachte sie, er wollte ihr Trost zusprechen, aber sein Griff wurde immer fester. Er drückte ihre Finger so fest zusammen, dass es wehtat. Bevor sie protestieren konnte, drang seine Stimme in der Dunkelheit zu ihr und klang so, als hätte Penny sie nie zuvor gehört.

»Komisch«, sagte er langsam, und seine Worte hallten von den nackten Wänden wider. »Es ist genauso, wie ich es in Erinnerung habe.«

Kapitel 52

Als Penny die Augen öffnete, war der Schmerz so heftig, dass sie sie sofort wieder schließen musste. Was war los mit ihr? Warum tat ihr der Hinterkopf so wahnsinnig weh? Als sie versuchte, danach zu tasten, spürte sie eine Hand, die sich sanft auf ihren Arm legte.

»Sch, sch, sch.«

Penny machte die Lider wieder auf und zwang sich, sie offen zu halten. Das Licht war grell, viel zu grell, sie schloss sie wieder, öffnete sie erneut, sie musste unbedingt wissen, wo sie war.

Herbert saß an ihrem Bett und schaute sie mit großen Augen an. Er war blass, doch irgendetwas war anders an ihm. Was war es nur? Er sah irgendwie verändert aus. Dann fiel es ihr ein, er war rasiert. Und nicht nur das, er hatte sogar ein sauberes Hemd an, und sein Blick war klar und aufgeweckt.

Was ist los?, wollte sie sagen, aber ihre Stimme trug nicht richtig. Sie räusperte sich und probierte es noch mal.

»Was ist los? Warum guckst du mich so an?«

Und dann fiel es ihr wieder ein. Die Villa. Die Dunkelheit, der Schnee und der Geruch nach Staub und Verlassenheit. Und dann Tom. Sie hatte sein Gesicht im Schein seiner Taschenlampe deutlich erkennen können, als er sich zu ihr umgedreht hatte. Und obwohl es

Tom war, dem sie schon tausendmal ins Gesicht ge-
blickt hatte, erkannte sie ihn kaum wieder. Er sah sie
aus aufgerissenen Augen an, seine Haut glänzte fahl im
Licht der Taschenlampe. In der Sekunde war ihr alles
klar geworden. In der Sekunde hatte sie den kleinen
Jungen wiedererkannt, den sie auf den Fotos von Florian gesehen hatte.

Derselbe Junge auf dem Teppich vor dem dunklen,
kalten Kamin, der sich wie ein gähnendes Loch in der
Wand hinter ihnen auftat, hatte sich neben seine
Schwester geschmiegt. In einer anderen Zeit, in einem
anderen Leben. Dann hatte Tom ausgeholt, und sie
hatte das kalte Glitzern in seinen Augen erkennen können, und dann war da nur noch Dunkelheit gewesen.

»Tom«, krächzte sie.

Herbert nickte und streichelte behutsam ihren Arm.
Die Berührung tat ihr gut.

»Ich kam gerade noch rechtzeitig. Er hat dich wie ein
Stück Vieh den Gang entlang zum Keller geschleift. Ich
will gar nicht darüber nachdenken, was er da mit dir
gemacht hätte.«

»Wieso warst du da?« Langsam kehrte ihre Stimme
zurück, doch sie spürte, dass ein Schluchzen in ihrer
Kehle feststeckte.

»Ich bin dir hinterhergefahren.«

»Aber ...« Penny strengte sich an nachzudenken, mit
dem irrsinnigen Schmerz im Kopf fiel ihr das schwer.
»Aber woher wusstest du, wo ich war?«

»Ich hab in der Redaktion auf dem Tisch die Ausdrucke mit den Fotos und der Adresse gefunden und war,
na ja, wie soll ich sagen, irgendwie beunruhigt, deshalb
hab ich dich in der Redaktion gesucht.«

»Beunruhigt?«

»Du bist nicht ans Telefon gegangen.«

»Ich war sauer!«

»Ich weiß, mein Schatz.«

Es störte Penny nicht, dass er sie so nannte.

»Und du hattest auch jeden Grund, nur du schaffst es nicht lange, sauer zu sein. Zu meinem Glück«, fügte er hinzu.

Penny wollte noch etwas fragen, ihr fiel allerdings nicht mehr ein, was. Es war etwas, das Herbert gesagt hatte, gerade eben ...

»Max«, sagte sie und wollte sich aufsetzen, das Stechen in ihrem Kopf hinderte sie jedoch daran. Tom war noch mal raufgegangen, wegen was gleich? Was hatte er gesagt? Hatte er Max auch etwas angetan?

»Die Polizei hat ihn in letzter Sekunde gefunden, er hat wahnsinniges Glück gehabt. Tom hat ihm mit dem Messer in den Unterbauch gestochen und ihn in der Kaffeeküche auf dem Boden liegen lassen. Ich stand nur ein paar Meter von ihm entfernt, ich habe jedoch nichts bemerkt ...« Herbert machte eine Pause und fuhr sich über die Stirn. »Er liegt ein paar Etagen unter dir. Es geht ihm gut, Penny, alles ist okay.«

»Und Tom?« Ihre Stimme war wieder zu einem Flüstern verkommen.

»Sie haben ihn wieder eingesperrt. Er hätte niemals rauskommen dürfen. Doch er scheint ein intelligenter Kerl zu sein, ein guter und charismatischer Lügner. Der Arzt, der ihn damals behandelt hat, hat gemeint, er sei vollkommen gesellschaftsfähig gewesen. Das muss man sich mal vorstellen.«

Herbert schien zu überlegen, ob er noch etwas dazu sagen sollte oder ob er es lieber für sich behalten sollte.

Er seufzte.

»Ich hatte es dir ursprünglich noch nicht erzählen wollen, aber er war der Täter.«

»Was?« Penny setzte sich nun endgültig auf. Das Hämmern in ihrem Kopf war schier unerträglich. »Er hat nicht nur Flo umgebracht?«

»Nein.« Herbert schüttelte den Kopf. »Die Polizei hat in seiner Wohnung eine ausrangierte Schaufensterpuppe gefunden. Sie war geschminkt und lag in einem Bett in seinem Schlafzimmer. Er hat gesagt, er habe sich um sie gekümmert, er habe sie gewaschen und gefüttert, er war völlig verrückt, Penny, er dachte, es wäre seine Mutter.«

»Was?« In Pennys Kopf drehte sich alles.

»Man weiß, dass er sie damals alle umgebracht hat, aber man hat nie gewusst, warum, er hat es nie erzählt. Heute ist er gesprächiger. Seine Mutter scheint ihn gequält und misshandelt zu haben, physisch und vor allem psychisch. Die Freunde und Nachbarn haben damals ausgesagt, sie hätten wie eine ganze normale Familie gewirkt, glücklich. Mutter schön, Vater erfolgreich, niemand hat geahnt, was sich hinter den Mauern der Villa tatsächlich abgespielt hat.«

»Aber warum hat er all die Frauen umgebracht? Das ergibt überhaupt keinen Sinn.«

Herbert sah sie nachdenklich an. »Bist du dir sicher, dass du das alles schon hören willst?«

Penny wollte die Augen verdrehen, doch der Schmerz in ihrem Kopf ließ es nicht zu. »Spuck's schon aus.«

»Also, dieser Polizist, Peiper ...«

»Pfeiffer.«

»Ja, Pfeiffer, also, er hat mir erklärt, dass alle Opfer ›schlechte Mütter‹ gewesen sind. So hat Tom es erklärt. Die eine hat das Kind allein gelassen, als sie anschaffen gegangen ist, du weißt schon, die andere hat wohl ihr Kind geschlagen, und er hat es beobachtet, und das Mädchen hatte gerade abgetrieben. Er sah sich als Erretter all dieser unschuldigen Kinder. Unschuldig und klein und wehrlos, so wie er es wohl selbst gewesen ist, damals.«

»Und diese Puppe?« Penny schüttelte sich bei der Vorstellung, wie Tom allein damit in seiner Wohnung gelebt hatte. Gruselig, wirklich gruselig.

Herbert hob hilflos die Schultern. »Ich bin kein Psychiater. Vielleicht wollte er ihr gegenüber Macht demonstrieren, sich rächen? Keine Ahnung. Jedenfalls hat er sich so in seine Fantasie hineingesteigert, dass er bei seiner Verhaftung die ganze Zeit davon geredet hat, sie liege ganz allein und hilflos in seiner Wohnung. Du kannst dir die Überraschung der Polizei ja vorstellen, als sie gesehen haben, dass es sich dabei nur um eine Puppe gehandelt hat.«

Penny war müde. Sie ließ sich zurück in ihre Kissen sinken.

»Wie hast du ihn denn eigentlich überwältigt?«, murmelte sie noch und merkte, dass ihre Lider schwer wurden. Ganz kurz konnte sie noch den stolzen Gesichtsausdruck ihres Vaters sehen, bevor sich ihre Augen schlossen.

»Na, wie schon?«, hörte sie ihn sagen. »Ich hab ihm eins übergebraten.«

Kapitel 53

Diesen Gesichtsausdruck von Frau Dr. Pruwe konnte Penny ganz und gar nicht ausstehen. Es war, als könnte sie mit diesen seltsamen großen graugrünen Augen bis auf den Grund ihrer Seele blicken. In der Zeit, nachdem sie aus der Klinik entlassen worden war, hatte sie diesen Blick gemocht, es hatte sich angefühlt, als würde eine warme, weiche Hand über die wunden Stelle ihrer geschundenen Seele streicheln, aber das funktionierte nur, wenn man kein schlechtes Gewissen hatte. Dann nämlich bekam Frau Dr. Pruwes Blick einen anderen, unbestechlichen Unterton, und das war genau der, unter dem Penny sich unbehaglich auf dem übergroßen Sessel wand.

»Soso.« Frau Dr. Pruwe faltete ihre Hände mit den sorgfältig in einem unauffälligen und eleganten Braunton lackierten Nägeln und lehnte sich in ihrem Stuhl zurück. »Sie haben es also geschafft, in einer Woche Ihre Medikamente abzusetzen, in eine unkontrollierbare Manie, aus der Ihr Onkel Sie retten musste, und dann wieder unter Selbstmedikation, versteht sich, in eine leichte Depression zu rutschen, und das alles wegen einer Sensationsstory, damit Sie fixer und schneller auf Trab sind. Ach ja, und um dann in Ihrem labilen Zustand nebenher einen Serienmörder zu überführen, verstehe ich das richtig?«

Oje, sie war sauer.

»Hm.« Penny starrte angestrengt auf ihren Daumen und knibbelte an ihrem ramponierten Nagellack.

»Und Sie dachten sich, wie praktisch, die Frau Doktor Pruwe ist ja weit weg und ich kann mich dann mal so richtig austoben, korrekt?«

»Hm.«

Die Psychologin beugte sich leicht vor, und der Duft ihres Parfüms wehte zu Penny herüber. Draußen auf den Straßen fing der Schnee des ewig langen Winters an zu schmelzen, und Sturzbäche von schmutzigem Wasser flossen die Rinnsteine entlang. Der Himmel war wie auf Kommando aufgerissen, und helles Blau strahlte durch die grauen Wolken auf Berlin herunter. Hier und da war sogar schon zartes Vogelgezwitscher zu hören, und so unerbittlich und hart der Winter gewesen war, er hatte einem heiß ersehnten, aber viel zu frühen Frühling Platz gemacht.

»Haben Sie eine Ahnung, Frau Kalunke, was solche wahnsinnigen Alleingänge mit Ihnen und Ihrer Krankheit anrichten können? Herrje!«

Frau Dr. Pruwe stieß ein ärgerliches Schnaufen aus, und Penny traute sich noch immer nicht, den Blick von ihrem Daumennagel zu heben und in ihr gütiges und strenges Gesicht zu schauen. Sie war nach wie vor ein wenig wackelig auf den Beinen, und die Wunde an ihrem Hinterkopf schmerzte hin und wieder, wenn sie sich unachtsam den Pullover überzog oder sich mit der Hand aufstützte. Doch alles in allem war sie wiederhergestellt, und der Gang in Frau Dr. Pruwes gepflegte Praxis in der Bleibtreustraße war das Erste, was sie hinter sich bringen musste.

»Es tut mir leid«, murmelte sie.

»Frau Kalunke.«

Penny hob den Kopf. »Es tut mir leid«, wiederholte sie mit festerer Stimme und hielt ihrem Blick stand.

»Sie wissen, dass ich kurz davor bin, die Verantwortung für Sie abzugeben, ja?«

»Ja.« Penny schluckte. Die Vorstellung, ohne ihre Ärztin klarkommen zu müssen, machte ihre eine Scheißangst. »Das ist mir klar.«

»Sie wissen, dass ich Ihnen nur noch diese eine Chance geben kann, und das meine ich ernst, Frau Kalunke.«

Max hatte ihr natürlich davon erzählt – und Penny war ihm dankbar dafür. Sie konnte sich selbst nicht erklären, warum sie sich auf dieses Experiment eingelassen hatte, und ihr war völlig bewusst, dass sie sehr viel labiler, war als sie gedacht hatte. Sie kam noch nicht allein zurecht. Vielleicht würde sie niemals allein zurechtkommen, und sie hatte Angst davor, ohne Frau Dr. Pruwe ins Leben hinauszugehen.

»Ja«, sagte sie schließlich leise und dann noch einmal: »Es tut mir leid.«

»Sie werden wieder jede Woche bei mir erscheinen, und sollte ich nur das leiseste Anzeichen dafür sehen, dass Sie aus dem Ruder laufen, werde ich mir andere Maßnahmen überlegen müssen.«

»Okay.«

»Und ...«

»Und?«

»Und Sie werden diesen jungen Mann anrufen.«

Penny starrte sie entgeistert an. »Welchen jungen Mann?«, fragte sie mit krächzender Stimme.

»Sie wissen genau, von wem ich spreche. Diesen Polizisten. Der arme Kerl wird wahrscheinlich ein lebenslanges Trauma davontragen, wenn Sie sich nicht förmlich bei ihm entschuldigen.«

Penny glaubte, ein Zwinkern in Frau Dr. Pruwes Augen erkennen zu können, meinte sie das wirklich ernst?

»Aber ...«

»Nichts aber. Wir sind hier heute fertig. Wir sehen uns nächste Woche zur gleichen Zeit, und wenn Sie nicht ausgeschlafen, gut ernährt und munter vor mir sitzen, dann gnade Ihnen Gott.« Jetzt zwinkerte sie tatsächlich, und ein leises Lächeln stahl sich auf ihre Züge.

»Okay.« Penny stand auf, schlang sich den Schal um den Hals und zog ihren Parka über. »Nur das mit dem Polizisten ...«

»Raus mit Ihnen!« Frau Dr. Pruwe lächelte ihr zu, stand auf und öffnete ihr die Tür. »Ich verlass mich auf Sie, Frau Kalunke.«

Kapitel 54

Draußen roch es nach Frühling. Penny blieb einen Moment stehen, schloss die Augen und ließ die wärmende Sonne auf ihr Gesicht scheinen.

Sie hatte eine Menge zu tun. Max wartete darauf, dass sie ihn besuchte, sie mussten reden. Penny hatte einen ziemlichen Scherbenhaufen hinterlassen und den einen Menschen schwer enttäuscht, der sie von Herzen liebte.

Und sie musste versuchen, einen Weg mit Herbert zu finden, einen Weg, ihn sein Leben so leben zu lassen, wie er es für richtig hielt. Außerdem hatte Tom nach ihr gefragt. Penny wusste noch nicht, ob sie die Kraft finden würde, ihm zu begegnen. Das würde sich finden, aber sie hatte Frau Dr. Pruwe etwas versprochen, und komme, was da wolle, sie würde es halten.

Sie steuerte auf das Café gegenüber zu. Eine Welle an Wärme und Geplauder schlug ihr entgegen. Ein Tisch am Fenster war frei.

Penny setzte sich hin und winkte dem Kellner. Sie bestellte eine heiße Schokolade und ließ ihren Blick über den kleinen Garten gleiten, von dem das Café umgeben war. Hier und da ragte ein Maulwurfshügel aus der Erde, und es lagen alte, vertrocknete Blätter auf dem Rasen, die unter der getauten Schneefläche zum Vorschein gekommen waren. Noch war das Gras braun und tot, es würde jedoch nicht mehr lange dauern und die ersten grünen Köpfchen würden sprießen.

Ihre Schokolade kam. Penny nahm einen Schluck, und die warme, süße Flüssigkeit rann ihre Kehle hinunter und bereitete sich wohlig in ihrem Bauch aus. Ihre Finger zitterten ein wenig, als sie nach ihrem Handy griff und die Nummer wählte.

»Zwieback.«

Seine Stimme klang so fröhlich und unbeschwert, wie Penny sie in Erinnerung hatte.

Sie räusperte sich. »Ähm, hallo, hier ist Penny. Penny Kalunke«, beeilte sie sich zu sagen.

»Ah!« Er lachte. »Die verrückte Journalistin.«

Penny wusste eine Sekunde lang nicht, ob sie sich ärgern sollte, doch dann schüttelte sie sich. Gott, er hatte ja recht.

»Ja«, sagte sie trocken. »Die Sternenflüsterin.«

Er lachte wieder. »Schön, dass du anrufst.«

Meinte er das ernst?

»Ach ja?«, fragte sie und klang patziger als geplant.

»Ja, wirklich.« Er legte eine kleine Pause ein. »Ich hab schon überlegt, dich anzurufen.«

Penny war sprachlos.

»Du kannst dich an unseren Abend schon noch erinnern, oder?«, fragte sie schließlich.

Er lachte noch mal. »Ja«, sagte er freundlich. »Ich schätze, besser als du. Was immer du da genommen oder nicht genommen hast, ich will auch was davon. Kleiner Scherz.«

Penny wusste nicht, was sie sagen sollte. Schließlich brach er das Schweigen.

»Hör zu«, meinte er vorsichtig. »Dein Onkel hat mir ein wenig über dich erzählt. Ich bin ja kein Arzt oder so, doch es klang für mich so, als hättest du da ein ziemliches Päckchen mit dir herumzutragen, und ich wollte dir nur sagen, dass mir das keine Angst macht.« Er hielt einen Augenblick inne. »Sagen wir mal so, das war ein unterhaltsamer Abend, aber so sollte es vielleicht nicht immer sein.«

Penny schwieg.

»Ich wollte dich jedenfalls fragen, ob wir es unter normalen Umständen noch einmal versuchen sollen. Essen gehen, meine ich. Wenn du Lust hast, natürlich.«

Penny nickte, auch wenn er es nicht sehen konnte. Sie spürte, wie Tränen in ihr aufstiegen, und schluckte mühsam ein Schluchzen herunter.

»Das wäre toll«, sagte sie leise und ließ den Blick in das Blau des Himmels hinaufgleiten, in dem eine Schwalbe übermütig ihre Kreise zog. »Ja, das wäre wirklich toll.«